渡辺京二

日本詩歌思出草

平凡社

日本詩歌思出草

目次

日本詩歌思出草

ヤマトタケル

命の全《また》けん人は
疊薦《たたみこも》　平群《へぐり》の山の
熊白檮《くまかし》が葉を
髻華《うず》に挿せ　その子

これはヤマトタケルが東征を遂げたのち、伊吹山で白猪に化けた山神の毒気にあてられて、伊勢国鈴鹿郡で病み倒れ、死を前にして歌った詞といわれている。東征へ旅立つときタケルは、伊勢大神に仕える伯母に、天皇は自分に死ねとおっしゃるのかと嘆いており、使命を果して死を迎える英雄の悲劇的な形姿がこの歌謡の背景になっている。樫の葉を髪に挿すのは長寿をねがう呪的行為であって、タケルは従者たちに、おまえたち天寿を全うするはずの者たちは長寿の呪《まじな》いをするがよいと告げることで、自分の死の運命を歌いあげている。

以上は一般の註釈に従ったまでだが、私にとってこの歌謡は、中野重治の『村の家』を初めて読んだときの記憶とかたく結びついている。中野の『村の家』は転向して出獄した主人公が父に、お前が共産党にはいったと聞いたときは、小塚原で骨になって帰ると思うとったのに、すべて遊びじゃがと嘆かれ、文筆などは捨てるべきだとさとされて、やはり書いてゆきたいと答えるところが山場になっている小説だが、「命の全けん人」は、主人公が入獄中、結核を発病するという状態の中で、全く食欲を失っている場面に出て来る。「突然唾が出てきて、ぽたぽた泪を落しながらがつがつ噛んだ。『命のまたけん人は

――うずにさせその子』――おれもヘラスの鶯として死ねる――彼はうれし泪が出てきた」。

これを読んだとき私は一七歳で、「命のまたけん人」が『古事記』中の歌謡とは気づいても、何を意味するのかさっぱりわからなかったが、「ヘラスの鶯として死ねる」とあるからには、転向を経て再起しようとする主人公の激情の発作だとは見当がついた。問題の詩句がヤマトタケルのいわば辞世句と知ったのはずっとのちのことである。いま私が思い起すのは「私が死んだら世界は和解してくれ」という吉本隆明の詩句だ。夭折への気高い意志の若々しい悲劇性という点で連想が誘われる。

「命の全けん人は」という呼びかけは、「きみたちはまだ生きていけるのだが、それに引き換え自分は」という風にも、「私は死んでゆくのだが、きみたちはまだこれから生きていける」という風にも読める。死にゆく自己の暗い自覚とも、死にゆく者の汝らは生きよという祝福とも読めるのである。『村の家』の主人公は後者として読んだ。だから嬉し泪を流した。

しかしこの歌は命を全うしたい人はちゃんと呪《まじな》いの行為をなさいな、というだけのもので、ヤマトタケルの事蹟と関わらせたのは後世（といっても『古事記』成立よりあまり溯らぬころ）の付会だったらしい。だとしても、悲劇的運命を負った英雄の声と仮託してこそ、「命の全けん人は」という呼びかけは、二一世紀の私たちの胸にも届くのである。そうとれば、これは「風立ちぬ、いざ生きめやも」というヴァレリの詩句とあまり遠くない声を、私たちの耳に運んで来ることになろう。

梁塵秘抄

佛は常にいませども
現《うつつ》ならぬぞあはれなる
人の音せぬあかつきに
ほのかに夢に見え給ふ

二〇代の私はいくら何でも『梁塵秘抄』の名ぐらいは知っていたと思うが、目を通したことはなかった。この集中随一の名篇は中野重治の『日本詩歌の思い出』によって知ったのである。むろんこの今様は仏への信心を前提としている。だからと言って現代人に遠いということはない。人の音せぬあかつきの夢にしか仄かに現われないものは、それがどんなものであれ人間の心に永遠に棲みついているからである。中野がこの今様を知ったのは旧制四高在学中であったらしい。だとすれば、マルクシストになる以前、まだ青春彷徨のただなかにあったのだろう。だが、マルクシストになったのちも、「ほのかに夢に見え給ふ」幻は、彼の心奥から立ち去ることはなかったに違いない。

中野のこのエッセイは一九三九年に書かれている。転向後の苦しい時期に、おのれの根源を尋ね当てようとでもするように、彼は幼いころからの日本詩歌に関する自分の経験を省みた。美しい一篇で、いやしくも詩を読んだり、いわんや作ったりする人は、一度はこのエッセイを読んでおいてもらいたい。私が読んだのは筑摩書房版『現代日本文学全集』第三八巻『葉山嘉樹・小林多喜二・中野重治集』（一九五四年刊）である。ネットで探せばただに近い値で手に入ろう。

若い頃中野にはいろいろ教えられたが、大正時代もてはやされた詩人佐藤惣之助の家を訪ねたら、チューリップだのパンジーだの洋花が庭に植えてあって、こりゃダメだと思ったという記述からも若い私は何事か学んだ。このくだりは『日本詩歌の思い出』の一節だったように記憶していたが、それはまちがいで、こんど読み直してみたら、そんな記述はなかった。中野はどこでこの話を書いていたっけ。どうも『むらぎも』の一節だった気がする。まあ『全集』を調べ直すのはやめにしておこう。第一、『中野重治全集』は自宅じゃなく、書庫用に娘婿とともに買ったマンションに置いてあり、そこまで行くのも面倒くさい。

曽根崎心中・道行

近松門左衛門

此の世の名残《なご》り夜も名残り
死にに行く身を譬ふれば
仇《あだ》しが原の道の霜
一足づつに消えて行く
夢の夢こそあはれなれ
あれ数ふれば暁の
七つの時が六つ鳴りて
残る一つが今生《こんじやう》の
鐘の響きの聞き納め
寂滅《じやくめつ》為楽《ゐらく》と響くなり

鐘ばかりかは草も木も
空も名残りと見あぐれば
雲心なき水の音
北斗は冴えて影映る

近松（一六五三〜一七二四）の名作『曽根崎心中』のうちの有名な道行《みちゆき》である。むかしは知らぬ者なき唱句だったが、いまの人には耳遠いかと思ってここに掲出した。むろん唱句はこのあとまだ続くが、以下は省いた。『曽根崎心中』は浄瑠璃の脚本だから、舞台では人形が所作し、三味にあわせてこの唱句がうたわれるのである。

情死ということは西洋にもあり、ロマンティクに讃美されても来たが、心中の場処へ到る道程を「道行」としてうたう伝統は、やはりわが国特有のものだろう。この無常感と哀傷は日本人の心に、七五の調べとともに、よかれあしかれ深く根づいて来たもので、わが国の近代詩人はこのような情調への反発と郷愁の間を、行きつ戻りつして来た感がある。

これを詩として見れば、よろしいのはもちろん、ふたりの身を一足ごとに消えゆく道の辺の霜にたとえたところだ。こういう比喩は凡手にはなかなか思いつかぬ。鐘の音《ね》の聞き納めも切ないが、「寂滅為楽」とは当時の人としては仕方のない連想だとしても要らざる注釈であった。しかし、北斗の冴えを叙してこの一連は締まった。

このようなリズムが長い間われわれの身について来たことを、あだおろそかには思いたくない。心中は封建時代のしがらみが生んだ悲劇だなどと言うなかれ。形は変っても、しがらみ抜きの社会などあるものか。しがらみを前に死にたいと思いつつ、生きねばならぬのが人間である。この唱句のリズムは死への誘惑ではなく、むしろ生への誘惑ではなかったか。

北寿老仙をいたむ

与謝蕪村

君あしたに去《い》ぬゆふべのこゝろ千々《ちぢ》に
何ぞはるかなる

君をおもふて岡のべに行《ゆき》つ遊ぶ
をかのべ何ぞかくかなしき

蒲公《たんぽぽ》の黄に薺《なづな》のしろう咲《さき》たる
見る人ぞなき

雉子《きぎす》のあるか　ひたなきに鳴《なく》を聞《きけ》ば
友ありき河をへだてゝ住《すみ》にき

へげのけぶりのはと打《うち》ちれば
西吹《ふく》風のはげしくて
小《を》竹《ざさ》原《はら》真《ま》すげはら
のがるべきかたぞなき

友ありき河をへだてゝ住《すみ》にき
けふはほろゝともなかぬ
君あしたに去ぬゆふべのこゝろ千々に
何ぞはるかなる

我《わが》庵《いほ》のあみだ仏《ぶつ》ともし火もものせず
花もまゐらせず
すご〳〵と彳《たたず》める今宵は
ことにたふとき

言うまでもないが、「あした」は朝の意、「へゲ」は変化《へんげ》、「けぶり」は煙、「はと」は「ハッと」、「ほろゝともなかぬ」のは雉である。

維新ののち一五年して、この国には「新体詩」なるものが出現した。西洋風にスタンザを連ねる文語定型詩で、七五調、五七調などと称せられた。当初は大学教授などの試作で稚拙を免れず、さらに十数年後晩翠、藤村の出現をみてやっとそれなりに恰好がついた。ところが蕪村（一七一六〜一七八三）という男は一七四五年、つまり「新体詩」の出現より一五〇年ほど前に、こういう完成度の高い清新な「詩」を作っていたのだ。驚異といっていい。

晩翠、藤村以後、泣菫、有明に至って明治文語詩は頂点を極め、余光は白秋、露風に及ぶと説かれる。しかし、彼らの最上の作品を採って、この蕪村の一篇と比較して見よ。言葉のすなおさ、リズムの自在、心情の切実において、かえって蕪村のほうが清新に映ずるのではなかろうか。

作中心憎い効果をあげているのが、「友ありき河をへだてゝ住にき」のリフレインである。作る立場から言うと、この一行さえ心に浮かべば、あとはどうにでもなるのだ。脱帽。

狸に寄す

成田狸庵

静けき御代の楽しみは
市《いち》の中なるわが宿に
幾とせとなく古狸
いつか深山《みやま》を忘れけむ
われは深山のこゝちして
なれより外に友ぞなき

われもむかしはもの々ふの
数にも入りし身なれども
世にすてられしはかなさは

狸の外に友ぞなき

成田狸《り》庵（一七五八〜一八三三）は江戸新橋に住んで易者として世を渡りながら、狸を愛しつねに数匹を家に養い、一日の見料が百文に達すると、あとは狸と遊び戯れて過したという。遺文に『夢日記』があるが、夢に出て来るのは狸のことばかり、本人だけでなく妻も仲良く狸の夢を見ていた。本人に言わせると、天は私が願っても富貴を与えず聖賢にも至らせてくれなかったが、その代り狸を愛さしめた、なぜ狸が可愛いのか自分にもわからず、すべては天の命だという次第だった。

彼はもともと成田源十郎朝辰《ともとき》という中津藩に仕える侍であった。二〇代で浪々の身になったというが、その仔細はわからない。だが彼の作った二篇の今様を見ると、士分から離脱したことは「世にすてられたはかなさ」ではあっても、その結果得た自由を彼が十二分に味わっていたことはあきらかである。江戸期には彼のように士分を離脱した世捨て人が少からず、かの天才画家浦上玉堂もその一人だった。

ここに収めた今様は別々の二篇を勝手につないだもので、表題も私が仮に付した。「静けき御代」はむろん徳川泰平の世を言うのだが、「いつか深山を忘れけむ／われは深山のこゝちして」の二行によって、この述懐は詩に達した。狸庵の事蹟はすべて森銑三『新橋の狸先生』（岩波文庫）による。

初冬即事

館　柳湾

静裏空驚歳月流
閑亭独坐思悠悠
老愁如葉掃難盡
蔌蔌声中又送秋

静裏空しく驚く歳月の流るるに
閑亭独り坐して思い悠々たり
老愁葉の如く掃へども尽きず
蔌蔌《そくそく》たる声中また秋を送る

✻

この詩は荷風散人『濹東綺譚』の結尾に出て来る。彼は後半二行のみ引用して、主人公に「わたくしは毎年冬の寝覚に」落葉を掃く音を聞くとこの詩句を思い浮かべると言わせ、「晴れわたった今日の天気に、わたくしはかの人々の墓を掃ひに行かう。落葉はわたくしの庭と同じやうに、かの人々の墓をも埋めつくしてゐるのであらう」と結んでいる。

ところがこの七言絶句の第三行は、『江戸後期の詩人たち』の著者富士川英郎の訓読する通り「老愁葉の如く掃へども尽くし難し」でなければならない。荷風が「掃へドモ盡キズ」としているのは記憶違いなのである。*だが私はあえてこの荷風の読み（読み違え）を採用する。「盡クシ難シ」より「盡キズ」のほうが、絶対にリズムがよろしい。

館《たち》柳湾（一七六二～一八四四）は新潟の廻船問屋に生まれ、幕府郡代の属吏となって方々で勤務した。「化政期より天保へかけての江戸詩壇の耆宿」だったと富士川は言う。柳湾の事蹟は荷風の『葷齋漫筆』に詳しい。この詩がよいのは何と言っても第三行なのだ。落葉のように掃けども掃けども積もるのは何の愁だってよい。しかし、やはり老愁と言ってこそ身に沁むのは、私自身が老境の窮まりにあるからか。よい比喩がどんなに深く人の心の届くか、この詩は教えてくれる。さみしいときはこの後半二行を唱えるとよい。不思議に心が落着く。

＊荷風は『葷齋漫筆』では読み下しではなく、「老愁如葉掃不盡」としているから、そのように刻された刊本があったのかも知れない。

日本外史・平氏都落ち

頼　山陽

宗盛ら関戸《せきど》に至る。顧みて数百騎の至るを見れば、即ち惟《これ》盛なり。その弟右中将資《すけ》盛・左中将清経・左少将有盛・侍従忠房・備中守師《もろ》盛を率ゐて来《きた》る。衆大いに喜ぶ。宗盛曰く、「衆皆家を挈《ひっさ》ぐ。子《し》何ぞ独り否《しから》ざる」。答えて曰く、『焉《これ》を挈《ひっさ》げて行くも、終に庇《かば》ふべけんや』。衆相ひ顧みて凄然。

山陽（一七八〇～一八三二）の『外史』は明治の青年たちに愛読されたというが、昭和初期生まれの私などには、その漢文体を読み下《くだ》す学力もなければ、興味もなかった。その『外史』を少し噛ることができたのは、毎日新聞ＯＢの故阿南惇二氏が私たち無学の徒を憐んで開いてくださった漢文教室のおかげである。

惇二氏が子息満昭氏と開いていた書店『三章文庫』の二階で週に一度開かれる教室には、石牟礼道子さんの姿もあった。テキストは明治年間に出た和本仕立ての『外史』をコピーして配られた。授業ぶりは惇二氏がまず読み下し、われわれがあとをつけて復唱するという素読《そどく》形式だった。文法の説明などほとんどなかった。惇二氏はその後この和本の『外史』全冊を私に恵与されたが、申し訳なくもいまは書庫の中で空しく埃りに埋れている。

ここに引いたのは平氏都落ちの一節である。もとよりこれは詩ではないが、私は山陽の有名な漢詩よりもこの一節に詩を感じた。もちろん『ひっさげてゆくも庇ふべけんや』の簡潔にうたれたのである。訓読は岩波文庫版によったが、多少変更を加えたところもある。関戸とは摂津国の地名の由。

やまとうた六首

くらきよりくらきみちにぞいりぬべきはるかにてらせ山のはの月
物思へば澤の螢もわが身よりあくがれ出づる魂《たま》かとぞみる

和泉式部（一〇世紀末〜一一世紀初）

年たけてまた越ゆべしと思ひきやいのちなりけりさよの中山

西　行（一一一八〜一一九〇）

しろやまのこずえは春の嵐哉はらいそかけてはしる村雲

渡辺佐太郎（?〜一六三八）

五番町石橋の上にわが麻羅を手草《たぐさ》にとりし吾妹子《わぎもこ》あはれ

平賀元義（一八〇〇～一八六五）

わが歌をよろこび涙こぼすらむ鬼のなく声する夜の窓

橘　曙覧《あけみ》（一八一二～一八六八）

⚘

私は近代以前の日本詩歌についてはまったくの無教養である。私の先輩たちは中学上級から旧制高校にかけて、その種の教養を身につけたのだろうと思うが、私の場合敗戦が中学三年のときで、その後の生活の混乱は古典を省みるどころではなく、また日本の伝統など棄てて顧みないご時世になったので、万葉・古今はもとより、新古今など勅撰集に親しむ折がなかったのはもちろんのこと、その後幕末に至るまでの歌集など教えてくれる人もなかった。と言えば一切を人のせいごと時世のせいにするようで、自分の怠惰偏頗を棚に上げることになるが、存ぜぬものは存ぜぬのだから仕方がない。しかし、大岡信とか安東次男など私の同世代の人たちが、日本古典詩歌についてあれほどの識見を蓄えたことを思えば、私の怠惰偏頗が弁解しようのないものであるのは確かだ。

ところがそういう私にも、なぜか感銘深く心に刻まれた歌が少しはあって、ここに掲げた最初の三首はその見本である。なぜこれが心に残ったのか、その訳もよくわからないけれども、要するに好きだったのだろう。もちろん、百人一首やら教科書やらで、おぼえた歌は数々ある訳だが、好きな歌といったら、これくらいしか突嗟には浮かばない。情けないことだ。式部の二首は仏教思想との関連など読みこむ必要はなく、ただ絵のように浮かび出る情景をそのまま受けとりたい。傑出した歌である。たぶんこの二首は、寺田透の『和泉式部論』で教えられたと思う。西行の一首もたまたま心に沁みただけだ。

あとの三首は、このごろ知った歌で、曙覧のことも元義のこともよくは知らぬながら、そのモダンさに驚いた。渡辺佐太郎の場合、いかなる博学の士も何者か言えまい。これは原城籠城者の一人で、攻囲軍が城中に派遣した使者が持ち返った彼の返書の冒頭にこの歌が置かれていた。天草四郎の縁戚で、一揆のリーダーの一人だったのだろうと想像される。「はらいそ」とはもちろん天国の意である。この男は原城落城の日殺されたはずだ。

薄《すすき》

宮崎湖處子

——さる婦のために

わらはをきみのこひしくば
野辺に出て見よ花薄
さしうつむきて立つさまは
ものおもふわがすがたなり

宮崎湖處子（一八六四〜一九二二）は蘇峰の設立した「民友社」の

一員として、明治二〇年代に活躍した、日夏耿之介流にいうと日本近代詩草創期の詩人であるが、その文名を一躍高からしめたのは、明治二三年に刊行した『帰省』で、東京で暮す青年が父の一周忌に帰郷した経験を叙したこの小説は、故郷福岡県三奈木を美化しつつ、田園的恋物語も添えて、当時のベストセラーとなった。今日湖處子は『帰省』の作者として文学史に名をとどめるにすぎないが、その詩には温雅な佳作を少なしとしない。少なくともここに掲げた小品は棄てがたいセンチメントを示している。

わかき処女には、と言ってもこの場合、明治の乙女を想像してもらわねばならないが、男から思いを寄せられて嬉しいというより、どうすればいいか困惑する場合があったらしい。いや、そういう人がいたらしい。思いを寄せてくる男がべつにいやだというのではなく、むしろ好ましく思っている場合でも、まだ男が恋しいような情が湧いたことがなく、かけられた思いを前に立ちすくむ。この詩はそんな女の自分を恋う男にかけたあわれみ、あるいは思いにすぐに応えられぬいいわけと読めるようだ。

あるいはこの女は当時の処女らしく、男の恋心に十分応える心はあっても、慎みからあらわに表しがたくて、自分にもその心はあるのですよとほのめかしているのかもしれない。だが私には、先に示した読みのほうが魅力的だ。「さる婦のために」という前書きは、これが女心の男による忖度であるのを示す。男は「あなたの心はこうなのでしょう」と言っているわけだが、君だって僕を好いてくれているんだねというのと、君は僕の恋情の激しさにとまどっているんだねというのと、ふた通りの解釈ができる。後者の読みに傾くのは私の性《さが》のなせるわざか。まあ、男に対して、このようにしか言えぬ女は、この現代にもいないわけではないようだ。それにしても、「わらはをきみのこひしくば」というのは誇りやかで、女になってみねばわからぬ心である。

なお老婆心ながらこれは七五調であるから、最終行は「ものおもうわが／すがたなり」と読んでほしい。篇中最もよろしいのは「さしうつむきて」の一句である。薄の花穂を垂れる姿が乙女のそれと重なったとき、この一篇の抒情の純良が保証された。

第二の秘宮

北村透谷

心に宮あり
宮の奥に他の秘宮あり
第一の宮には人の来り観るを許せども
秘宮には各人之に鑰《かぎ》して
容易に人を近づかしめず
第一の宮にて人は処世の道を講じ
希望、生命の表白をなせど
第二の秘宮は常に沈冥にして無言
蓋《がい》世《せい》の大詩人をも
突入するを得せしめず

透谷（一八六八～一八九四）からはぜひ一篇を採りたかった。この人は思想家であるとともに詩人であり、彼の意識の目覚めは、近代日本の抒情の目覚めでもあったからである。詩人として彼は大曲『楚囚の詩』を書いたが、想余って声調の美調わず、抒情詩には日夏耿之介が、藤村の先駆をなすと高く評価した『眠れる蝶』があるが、日本には珍しいこの思想詩人の面目を尽すものではない。

私がここに採ったのは、明治二五年、すなわち詩人自死の二年前に書かれた評論『各人心宮内の秘宮』の一節で、行をわかち、少しばかり語句を省き、タイトルは適当につけた。これを詩として読むとき、日本近代詩の振幅はもう少し拡がると思うからだ。

第二の秘宮とはなにか。透谷の場合、それは彼の評論『内部生命論』に言う「内部生命」、つまりは、霊と宗教に関する領域だったのかも知れない。しかしヘルダーリンやリルケの求めた意識の奥、フロイド的意味ではなく、ユング的な意味での深層意識もまた連想されてよかろう。

草枕

島崎藤村

夕波くらく啼く千鳥
われは千鳥にあらねども
心の羽をうちふりて
さみしきかたに飛べるかな

心の宿の宮城野よ
乱れて熱き吾身には
日影も薄く草枯れて
荒れたる野こそうれしけれ

ひとりさみしき吾耳は
吹く北風を琴と聴き
悲しみ深き吾目には
色彩なき石も花と見き

⁂

藤村（一八七二～一九四三）から何を選ぶか、困ってしまう。藤村の詩をまとめて読んだのは中学二年の三学期。「顔と顔とをうちよせて／あゆむとすればなつかしや／梅花の油黒髪の／乱れて匂ふ傘のうち」などとあるものだから、親の目から匿さねばならぬと思った。藤村の詩は純情のようで、実は性愛の匂いがあって、私は罪の意識に初めてめざめた。でも本当に好きなのは「處女ぞ経ぬるおほかたの／われは夢路を越えてけり」（『おえふ』）、「暮影《ゆうかげ》高く秋は黄の／桐の梢の琴の音に」(『秋風の歌』)といった、彼の流麗な調べだった。ともに唱い出しの声調がよろしく、私は酔った。

藤村には『若菜集』(明治三〇年)ひとつとっても、定評ある名篇が数々ある。日夏耿之介は『明治大正詩史』において、『秋風の歌』を集中第一とし、私見では完成度から言えば人口に膾炙した『椰子の実』が高い。「まだあげ初めし前髪の/林檎のもとに見えしとき」で始まる『初恋』は、諸アンソロジーの必ず採るところ。だが私は藤村といえば、やはりこの『草枕』を選びたい。と言っても、これを詩人の代表作として推すのではない。いかにも藤村らしい感傷が、最も素直に表白された可憐さを愛《め》でるのだ。有名な話だが、藤村は明治女学校の教師をしていて、教え子の佐藤輔子に惚れた。苦しい恋で、仙台へ逃げた。この詩はその暗い心境をうたっている。これは全部で三〇連ある長い詩で、いくらなんでも通読に耐えない。掲出したのは第一連、第一〇連、第一一連である。日夏耿之介は起句を弱しとし、第一〇連を「感情純一に迫」ると賞揚しながら、「終節に及んで又印象稀薄になっている」と評す。

藤村だけではなく、明治文語詩は晩翠にせよ泣菫にせよやたらに長い詩が多い。一体に構成という考えが弱いからで、七五、五七のリズムに乗り、興に任せていつまでもうたい続ける。興も想も尽きたとき一篇が終るわけで、その冗長、散漫ぶりには呆れる。さすがに有明は西欧ソネット体に学んで「四、七、六の十七音より成り八行を前聯とし、六行を後聯とし、併せて一四行の一体を造った」(日夏耿之介)が、その有明でさえ、蜿々たる長詩を作ってだらける弊を免れなかった。

全三〇連の長詩『草枕』を三連に縮約すれば、藤村の苦しい恋はしめやかで可憐な詩の花となって咲く。第一連を日夏は弱しというが、私はそうは思わない。棒読みせず「夕波くらく」と低唱し、「啼く」にアクセントを置いて「千鳥」と続けよ。この幽暗の気配は棄てがたく、青年の暗い哀傷が身に迫り、心の羽をうち振ってさみしき方へ翔ぶという可憐さが身にしみる。技巧は素朴でも真情がものを言っている。いつわりも身構えもない第一連なのだ。第一〇、第一一連は藤村自筆の書となって『明治文学全集』第六九巻の巻頭を飾っているくらいだから、自信のスタンザであったに相違ないが、第一連の暗い寂寥のリズムに及ばぬ。

ついでに日夏耿之介の『明治大正詩史』について述べよう。昭和二〇年四月、私は大連一中三年生になったばかりで、大連市沙河口の満鉄鉄道工場に学徒動員された。そのうち沙河口の電停の近くに「満鉄図書館沙河口分室」があるのを発見した。小村公園の中にある本館には小学生のころからお世話になっていたが、この沙河口分室は開架式で、全蔵書が手にとれる。前年冬から藤村、晩翠に親しみ始めていた私は日夏耿之介という初めて知る著者の新潮社昭和四年刊上下二冊本の『明治大正詩史』を発見、早速借り出した。このたび七〇年ぶりに『全集』版で読み返してみると、これは徳川時代以前の前史から説き起こし、今では忘れられた群小詩人もあまねく取り上げながら、日本近代詩の草創から大正時代までの展開を、緻密にあとづけ分析し論評した手ごわい書物である。しかし、私はとにかくこの二巻を読みあげた。むずかしいところは読みとばしたのかも知れない。でも心は歓喜に震えた。こういう世界があった、これこそ幼い時から求めていた世界だった。

私にはいやな優等生根性があって、書物を一流とそれ以下に区別し、一流には無条件にいれあげる悪い癖がすでに身についていた。いまや日夏耿之介はわが神であり、『明治大正詩史』二巻はバイブルであった。彼の言うところを情けないことに私はことごとく信じた。貸し出し期間は一週間くらいだったはずだが、この二巻本の装幀から本文の印刷面まで記憶が甦ってくるのだから、何度も借り出したのにちがいない。以来昭和二二年春に大連から引き揚げるまでの二年間、明治文語定型詩、それも耿之介の言う完成態たる泣菫、有明の詩句がずっと私の脳中に鳴り響いていた。

おほいなる手のかげ

土井《つちい》晩翠

月しづみ星かくれ
嵐もだし雲眠るまよなか
見あぐる高き空の上に
おほいなる手の影あり。

百万の人家《じんか》みなしづまり
煩悩のひゞき絶ゆるまよなか
見あぐる高き空の上に
おほいなる手の影あり。

土井晩翠（一八七一〜一九五二）は明治三二年、詩集『天地有情』によって、藤村と並ぶ詩名を確立した人であるが、もともとは英文学者で、第二高等学校（仙台）で長く教鞭をとった。その詩風は代表作とされる『星落《ほしおつ》秋風五丈原』にみるように、雄渾悲愴の漢詩調を特徴とした。その出だしは以下のごとくである。「祁山悲秋の風更けて／陣雲暗し五丈原／零露の文《あや》は繁くして／草枯れ馬は肥ゆれども／蜀軍の旗光無く／鼓角の音も今しづか／丞相病篤かりき」。最後の一行は第一部七連を通じてリフレインされる。丞相とはいうまでもなく諸葛亮孔明。『三国志』のヒーローの最期を歌いあげたこの史詩は、明治青年のこぞって愛唱するところとなった。

晩翠の詩は「嗚呼玉杯に花受けて」や「北辰斜めに射すところ」

等々、旧制高校寮歌の範型となっただけではない。私の母校は大連一中だが、その応援歌のひとつの出だしは、「渤海湾頭帝国が／殖民拓士の策源地」とあって、まぎれもない晩翠調だった。近代詩の名に似ざる国士・壮士の美意識というべく、文学青年の間で晩翠の評価がそのうち下落したのは無理からぬところである。

ところが晩翠には、当時「哲学的」などと評された神秘的な一面があって、それを最もよく示すのが、第二詩集『暁鐘』（明治三四年刊）に収められたこの不思議な小品なのである。表現は平明で、いまの人にわかりにくいのは「もだし」くらいか。それも「黙《もだ》し」と表記すれば、すぐにわかってくれよう。晩翠らしく「煩悩」など、雑な言葉遣いはあるが、何としても圧倒的に不思議なのは、高い夜空に現われる「おほいなる手の影」である。夜空にかかる手首から先の巨きな掌を想像してごらんなさい。故もなき畏怖の念にうたれずにはいない。これが超越者の手であることは疑いない。晩翠はクリスチャンであった訳でもなさそうだが、明治の人らしく何らかの神は信じていただろう。

だが超越者の手であろうとも、それは人の子に何を啓示しているのか。吾在り、安んじて眠れと言っているのか。それとも、罪人よ、吾をおそれよと言っているのか。

実は『暁鐘』収録時にはこの詩には第三連があって、「ああ人界の夢に遠き／神秘の暗のあなたを指して」とうたい、あとは第一連第二連共通のリフレインが続く。作者はこの第三連を、改造社版『現代日本文学全集』第三七巻『現代日本詩集』（昭和四年刊）に収録の際削除した。『暁鐘』収録の原型は今日、『明治文学全集』第五八巻（筑摩書房）で見ることができる。

この削除は尊重されるべきだろう。手の影は何も告げずに空にかかっているからこそ、神秘鮮烈で畏怖すべきなのだ。何よりもぬっと夜空に現われた形がおそろしい。「神秘の暗のあなたを指」すなど、説明する必要はない。しかも手というのがそれだけで素敵ではないか。足では笑ってしまうし、顔ではどんなご尊顔であれ興醒めだ。超越者に手があるというのはよいことだ。時には私の頭でも撫でてくれ。高村光太郎の木彫りの掌のようであってくれれば嬉しいが、ここにうたわれているのはそんな優しい手ではなさそうである。

磯

與謝野鉄幹

なにごとの磯にありけむ
大いなる足跡あまた
踏み乱し、砂につづけり
しずかなる青き海には
しろき鳥死にて浮べる

鉄幹與謝野寛（一八七三〜一九三五）は歌才において妻晶子に及ば

ずとされ、詩人としては「妻をめとらば才たけて」の俗調をもって知られ、詩誌『明星』の主宰者としての名声のみ残るという風に、いわば一生かけて損をした人物である。鉄幹の詩人としての才を再評価したのは、鮎川信夫・吉本隆明・大岡信『討議近代詩史』（思潮社・一九七六年）における大岡信の発言が初めてではなかったか。大岡は鉄幹後期の詩作にふれ、「一冊全部五行ずつの詩でまとめてある洒落た短詩集とか」、「今誰も読まない」けれど「おそろしく巧いです」と言っている。この五行詩は改造社版『現代日本文学全集』第三七巻『現代日本詩集』に四六篇が収録され、ほぼその全貌を察しうる。『磯』はその一篇である。

四六篇中には「世界の男みな疲れ／葦のごとくに痩せ細り／風の如くに呻き臥し／肥えたる女、家ごとに／薬調ずる世はきたる」とか、「内側に歩けども／ああ、女のむれ／男のごとく銃を取らず／黒髪、ひとみ、くちびる、手／我等ああ勝目無し」とか、彼の女性コンプレックスの表白としておもしろいかと思えば、「帯を解くとき、君云ひぬ／『この細れるを見たまへ』と／朝の別れにまた云ひぬ／『忘れたまふな、海ごしに／二十日《はつか》の月の黄ばみしを』」などという艶治の情趣あり、「荒木の杖に蛇を彫り／女の噂高くして／酒に向へば、わかき友／楯の上より傷負ひて／笑ふが如き歌のこゑ」のダンディズムあり、「しろき指格子にありと／我が見しは唯だ其ればかり／なつかしき街の曲り目／今日もまた見てこそ過ぐれ／その黒き櫛形の窓」とパステルナークさながらのミスティシズムを示す一方、「船が帰らぬ、大船が／いくさは勝ちと決まれども／船が帰らぬ大船が／旅順の沖の青海《あをうみ》に／一万人は潮びたり」と叛骨を現わす。

この叛骨は「毒性なさみだれ」の「降るは東の国ばかり」とうたい起し「さればと云って何処へ行こ／修験のやうな高下駄で／騎兵のやうな長靴で／天子のいますお膝もと／一足ごとに沼を踏み／肩まで泥の跳ぶ路を」と結ぶ『五月雨《さみだれ》』、大逆事件で刑死した大石誠之助を悼んだ戯詩など、「根付の国日本」を嫌悪した高村光太郎の先蹤ともいうべき、日本の後進性批判となってしばしば噴出した。

だが、ここに示した一篇はこの詩人の幻視の深さがよく示されていて私は惹かれる。これが叙景でないのはいうまでもない。おそらく海辺で、そういう幻が詩人を襲ったのである。なにごとがあったのか、それは永遠にわからない。いや、それは問う必要のないことである。ただ何かが示されている。その何かも問う必要はない。意味のわからない啓示だけがあって、おまえの生は浅くないとのみ告げているようだ。

公孫樹下にたちて

薄田泣菫

あゝ日は彼方《かなた》、伊太利の
七つの丘の古跡《ふるあと》や
円《まろ》き柱に照りはえて
石床《いしゆか》しろき回廊《わたどの》の
きざはし狭《せば》に居ぐらせる
青地《あをぢ》襤褸《つゞれ》の乞食《かたゐ》らが
月を経て来《こ》む降誕祭《くりすます》
市《いち》の施物《せもつ》を夢みつゝ
ほくそ笑《ゑみ》する顔や射む

泣菫（一八七七〜一九四五）を蒲原有明と並んで、明治新詩の頂点とするのは、すでに日夏耿之介『明治大正詩史』以前に定まった評価であったろう。耿之介はこの定評をダメ押しし、泣菫の最後の詩集『白羊宮』（明治三九年）を当代最高の詩集とした。特に推したのが「ああ、大和にしあらましかば／いま神無月／うは葉散り透く神無備《かむなび》の森の小路を／あかつき露に髪ぬれて往きこそかよへ／斑鳩《いかるが》へ。平群《へぐり》のおほ野」と唱い出される『ああ、大和にしあらましかば』、「わが故郷は、日の光蟬の小河にうはぬるみ／在木《ありき》の枝に色鳥《いろどり》の咏《なが》め声する日ながさを」と始まる『望郷の歌』の二篇で、中学三年生の私は盲信して暗誦した。敗戦の年であった。

おそらく私は藤村に始まり泣菫・有明に終る明治文語定型詩にいれ

あげた最後の世代だろう。いや、私は自分とおなじ歳まわりで、昭和二〇年にもなって明治の文語詩に熱中した者を、その後一人も見出さなかったのだから、同世代中でも特にアナクロニックな経験の持ち主だったのかも知れない。日本へ引き揚げて来てから出来た文学仲間はたいてい、古いところでも萩原朔太郎や三好達治や堀口大学あたりの詩に親しんでいたのだと思う。私とてその存在を少年の日から知らぬではなかったが、詩心の芽生えは彼らよりひと廻り古い詩人たちに負うていた。

ところが、昭和二二年春日本へ引き揚げたのち、藤村・泣菫・有明、さらに名を挙げるなら伊良子清白・上田敏へのいれあげは、憑きものが落ちるように消失した。港町大連とは違って熊本の街並みは、空襲の焼跡もあいまって、私の幼いロマンティシズムを封殺するのに十分な粗雑古臭を呈しているように思えた。「ああ、大和にしあらましかば」どころではないのである。加藤周一、福永武彦らの『マティネ・ポエティック』による文語定型詩復興への試みも、胸に響いてはこなかった。替って心ひかれ始めたのが、啄木後期の口語詩、それに中野重治、小熊秀雄の戦前のプロレタリア詩であった。中原中也も伊東静雄も知らぬままに、ただ結核療養所時代にひたすら読んだ宮澤賢治、それにポール・エリュアールを加えたくらいで、私の一〇代の「詩」の経験は終った。『荒地』に始まる戦後詩にはまったく盲目だったのである。

五〇代になってからであろうか。『明治文学全集』の一巻で泣菫・有明を読み返す折があった。幻滅だった。少年のとき、あれほど音楽的といってよい陶酔を誘った詩句に、何の感興も湧かぬのである。こんなものだったのか。先にもふれた『討議近代詩史』で吉本隆明が、「こんな空虚な詩はないよ、空虚なわりに言葉はものすごく考えられていて、ひねられて、構築されてるよ、っていう、そのちぐはぐさ」を指摘しているのを思い出し、やはりそういうものだったのだと思い返すほかなかった。まさに美しき空虚なのだ。

その「美しき空虚」の見本として、私が当時ことのほか好んだ一篇『公孫樹下にたちて』を挙げるに如くはない。今日とても、この冒頭の堂々として屈曲するリズムは美しい。ところが、詩集『二十五絃』（明治三八年）の巻頭に置かれたこの詩はバラッドとも称すべき長篇であって、このあと「日」は「北海《きたうみ》」の「蜑《あま》が子」を照らし、さらに「久米の皿山」に立つ「銀杏《いてふ》の樹」へと移って第一節が終り、第二節は美作の「那義山《なぎせん》の谿にこもれる初嵐」がこの銀杏の姿に目をとめ、「あな誇りかの物めきや／わが手力《たぢから》は知らじかと」、家の子を集めて吹き寄せ、一方銀杏は黄金の葉を矢として迎え撃ち、双方力を尽くしての戦いののちに、「銀杏《いてふ》は征矢《そや》を射つくして／雄々しや、空手真裸《むなで》に／ほまれの創の諸肩《もろかた》を／さむき入日にいろどりて／み冬の領にまたがりぬ」と結ばれる。ここまでの措辞妙を極め、リズム流麗にして力感あり、申し分のない出来栄えと言ってよいが、さてこの一篇、だからどうしたというのだろうか。空虚とはこのことを言うのだ。第三節は作者の感慨を叙べるが、人生はすべて雄々しき闘争なるぞとのたまわれても、その陳腐救いようがない。

吉本隆明は前記の発言中、「支持すべき根拠というか、必然というのはあると思うんです」と保留していて、「美しき空虚」をどう再評価するかという問題は残るのかも知れない。だが要するに、明治の新体詩人はうたう人であって、考える人ではなかったといえばすむことなのかと思う。前記討議中で大岡信は、「哀しいかなや」とか「寂しいかなや」という言葉が頻出するが、それは「一般的情緒は喚起するけれども、個人の、その人独特の感情を喚起するってことになると、まだとても不十分だった」と語っているが、そういう詩意識の成熟にいたる一過程として、この「美しき空虚」を理解しておけばよいのだろう。

それにしてもここに掲げた冒頭の九行は言葉による音楽である。むろんシューベルトのピアノソナタではない。たとえば『カルメン』のアリアである。朗々と酔わせるリズムであり、それだけのことなのである。ただ出世主義と実利主義と軍国主義の支配する明治社会から、この一瞬の陶酔に逃れようとする青年たちがかつていたことは、抹殺できぬ歴史上の事実だと思う。

静かにさめしたましひの

蒲原有明

静かにさめしたましひの
一日《ひとひ》は花とにほひ咲く、
ゆふべにねむる花なれば
贈らむすべはなけれども、
わが恋ふる人、君をこそ、
君が眼をこそ慕ひ咲け。

いかにひらきてたましひの
花となりけむ知らねども、
この暁の水を出《い》で、

一日《ひとひ》のすがたゆるされて、
一夜に消ゆるこの花の
さだめもすでにつたなしや。

＊

有明（一八七六～一九五二）といえば、著名な代表作はいくつもある。耿之介は最終詩集『有明集』（明治四一年）を、泣菫の『白羊宮』と並べて明治最高の詩集としたが、それは「智慧の相者《そうじゃ》は我を見て今日し語らく／汝が眉目《まみ》ぞこは兆悪《さがあ》しく日曇《ひなぐも》る／心弱くも人を恋ふおもひの空の／雲、疾風《はやち》、襲はぬさきに遁れよと」と始まる『智慧の相者は我を見て』、『茉莉花』、バラッド『人魚の海』など、高名の詩篇を含むものの、『独絃哀歌』（明治三六年）すでに、「道なき低き林のながきかげに／君さまよひの歌こそなほ響かめ」と始まる『あだならまし』、「こころの糧をわがとる菜園こそ／栄《はえ》なき思ひ日毎に耕すなれ」と起る『聖菜園』、さらには「落葉林の冬の日に／さいかし一樹《ひとき》／（さなりさいかし）／その実は梢いと高く風にかわけり」と唱い起す『さいかし』のごとき名品を連ね、『春鳥集』（明治三八年）また、「日の落穂、月のしたたり／残りたる、誰か味ひ／こぼれたる、誰かひろひし」の絶唱を収め、処女詩集『草わかば』（明治三五年）にも「菱の実とるは誰《た》が子ぞや／くろかみ風にみだれたる」の佳吟があった。

ここに採ったのは『春鳥集』の一篇であるが、実はあとにまだ三連が続く。削ったのは長い詩はなるべく避けるという本稿の趣旨にもよるけれど、正直に言えば引いても仕方のないようなものなので省いた。一体に明治の文語詩人には深い思索というものがなく、ある情趣のひらめきを書きとどめて第一連とし、あとは連想に任せて唱い継いで、適当なところ、というより己れの飽いたところで結末とする嫌いがあった。従って第一連こそ精華とすべく、あとは惰性という詩が非常に多い。つまり本質的に短詩の作者なのである。短歌・俳句にこの国の詩が収斂して行ったプロセスを思うべきだろう。五言絶句、七言絶句というこの国の漢詩人がなずんだ形式もまた短詩なのだ。その伝統を受けた明治の新体詩人たちは、西洋流の長詩の作りかたを模すのに、よほどの苦労があらねばならなかった。

この詩も第一連で詩趣は尽きており、本来はそれのみの短詩として扱うのが、その生命を正しく生かす方法かと思われる。しかし、それではあまりに私意が過ぎるかとおもんばかって、第二連まで収めておいた。有明からこの作を採った理由は、「静かにさめしたましひの」の起句に、私の心が動くからである。見るとおりこれは恋唄である。しかし、契機が何であれ、魂がしずかにめざめるというのはあらまほしきことであり、なおかつ一生に幾度とはありえぬ経験であろう。私はそんな経験をしたことがあったろうか。ないわけでもなかったと己れに言い聞かせて、私は心を新たにする。八五歳にもなって。

漂《へう》泊《はく》

伊良子清白《せいはく》

蓆戸《むしろど》に
秋風吹いて
河添《かはぞひ》の旅籠屋《はたごや》さびし
哀れなる旅の男は
夕暮の空を眺めて
いと低く歌ひはじめぬ

亡母《なきはゝ》は
処女《をとめ》と成りて
白き額《ぬか》月に現はれ

亡父《なきちゝ》は
童子《わらは》と成りて
円《まろ》き肩銀河を渡る

柳洩る
夜《よ》の河白く
河越えて煙《けぶり》の小野に
かすかなる笛の音《ね》ありて
旅人の胸に触れたり

故郷の
谷間の歌は
続きつゝ断えつゝ哀し
大空の返響《こだま》の音《おと》と
地の底のうめきの声と

交《まじは》りて調《しらべ》は深し

旅人に
母はやどりぬ
若人《わかびと》に
父は降《くだ》れり
小野の笛煙《けぶり》の中に
かすかなる節は残れり

旅人は
歌ひ続けぬ
嬰子《みどりご》の昔にかへり
微笑《ほゝゑ》みて歌ひつゝあり

明治三〇年代の詩壇には大雑把に言って、ふたつの流派があった。『明星』派と『文庫』派である。『文庫』の方が老舗《しにせ》だったが、明治三三年創刊の『明星』に主流を奪われた。主宰鉄幹の下に白秋・杢太郎・啄木らの逸材が育ったばかりではなく、泣菫・有明もその客員だったからだ。清白（一八七八〜一九四六）は「文庫」派の天才だったが、明治三九年『孔雀船』を上梓したのち詩壇から消え、やがて忘れられた。わずか五〇冊しか売れなかったと伝わる。清白はその後医師として台湾にまで流浪し、最後は三重県志摩に村医として住み、詩壇に復帰することなく死んだ。清白は「すずしろ」と読まれる場合もあるが、「せいはく」という『全集』の読みに従う。

清白唯一の詩集『孔雀船』の真価を初めて世に知らしめたのが、日夏耿之介の『明治大正詩史』（昭和四年）である。清白はこの詩集を編むに当って二百の作品中一八篇のみを選び、他はことごとく棄てた。耿之介はこの一八篇すべてを名作とたたえ、清白を泣菫・有明と肩を並べる大詩人と位置づけた。清白の評価はこれによって定まり、昭和一三年『孔雀船』は岩波文庫に加えられた。この岩波文庫版を青年期に読んで感銘を受けた詩人・文学者は少なくない。平出隆もその一人で、『伊良子清白・月光抄』『同日光抄』の二分冊の評伝を書きあげ、清白の詩・短歌・俳句・散文のすべてを、日記の抄録と併せて二巻の全集に編んだ（新潮社・二〇〇三年刊）。

私は耿之介の信者だったから、少年時より清白の詩をたっとんだ。泣菫・有明と異なる独特の詩風であるのは、耿之介の解説をまたずともわかった。だが、このたび平出編の全集によって『孔雀船』一八篇を心して読み、明治文語詩の作者中、今は愛《め》でるに足るのはこの人ばかりではあるまいかと思った。そしてその理由として、清白の詩には空虚な声調と修辞ばかりではなく、表白すべき明白な内的感情と世界感受があるからだと考えた。一篇の詩が心象だけでなく、客観的に把握すべき認識によって成り立っているゆえに、彼の詩には構築されたものの緊張があって、だらだらといつまでも読まされるという明治文語詩の通弊を超えているように感じられた。

この『漂泊』は詩集冒頭に置かれた作品で、従来名作とたたえる声は多いが、含蓄多くかならずしも詩意明らかではない。第二連の美しさは誰の目にも明らかで、これは旅人が「低く歌ひはじ」めた唄そのものという解釈もあるが、唄う旅人の目に映った夜空の幻想としても不都合はない。清白の母は彼を産むとすぐ亡くなっていて、その母が処女として現われるのは当然である。しかし父は浪費癖の抜けぬ人で、のちのちまで清白に金銭の迷惑をかけ続けた。「亡き父」とは虚構であるが、平出隆はここに父への拒否感を見る。旅人は故郷へ帰って、孤児の哀傷にひたるのである。

ところがそこに谷間から笛の音が聞こえて来た。しかもその音には大空のこだまと地底の呻きとが交るというのだ。むずかしいのは次の連である。「旅人に母はやどりぬ」はよい。しかし「若人」とは誰なのか。旅人の言い換えととるのが順当だろうけれど、ひょっとすると笛の吹き手のことなのかなどと疑いが生じ、このあたりから詩は謎めいてくる。だが終連の形象は清朗明白である。旅人は幼な子に還って平安を得たと作者はうたう。余韻嫋々。

このように清朗にして謎めいているのが清白詩の根本特徴で、表面の詩句になにか奥があるように感じられる。それにしても第二連の言葉の魔術は、この人の天稟の才を証《あかし》する。単なる幻想ではない。存在の示現というしかないように言葉が働いている。これが詩だ。

月光日光

伊良子清白

月光の
語るらく
わが見しは一の姫
古あをき笛吹いて
夜《よ》も深く塔《あら、ぎ》の
階級《きざはし》に白々《しら〲》と
立《た》ちにけり

日光の
語るらく

わが見しは二《つぎ》の姫
香木の髄《ずゐ》香《かを》る
槽桁《ふなげた》や白乳《はくにう》に
浴みして降りかゝる
花姿天人の
喜悦《よろこび》に地《つち》どよみ
虹たちぬ

月光の
語るらく
わが見しは一の姫
一葉舟湖《こ》にうけて
霧の下まよひては
髪かたちなやましく
亂れけり

日光の
　　語るらく
わが見しは二の姫
顔映る圓柱《まろばしら》
驕り鳥《どり》尾を觸れて
風起り波怒る
霞立つ空殿《くうでん》を
七尺《せき》の裾曳いて
黄金の跡印《つ》けぬ

月光の
　　語るらく
わが見しは一の姫
死の島の岩陰に

青白くころび伏し
花もなくむくろのみ
冷えにけり

日光の
語るらく
わが見しは二の姫
城近く草ふみて
妻覓《ま》ぐと來《こ》し王子《みこ》は
太刀《たち》取《とり》の恥見《はぢみ》じと
火を散らす駿足に
かきのせて直走《ひたばせ》に
國領《こくりやう》を去りし時
春風《はるかぜ》は微吹《そよふ》きぬ

　明治の文語詩人は「悲しいかなや」と己れの胸の内を語る単調をさとって、叙事、つまり譚詩《バラッド》の手法を試みることが多かった。英詩によって手本が与えられていたからである。藤村・泣菫・有明にもその試みは多く、先に示した『公孫樹下にたちて』はその一例である。泣菫は『古事記』にも材を採ったが、功を収めたとは言い難かった。

　清白にもまた譚詩に赴く傾向が強かったが、この『月光日光』は全六連いささかのたるみもなく、措辞・声調ともに明治文語詩の頂点を示すばかりではない。一の姫と二の姫という対照的な女性の性格と運命を、それぞれ月光日光に語らせることで生の振幅を描破し、怪異や奇想に頼ることなく、謎めいた神秘感を保って余韻を残した。造りものめいて然らず。空虚なる美に堕さぬ存在の手ざわりが、確かな詩美として定着されたのである。

詩人の共感が「古あをき笛」を吹く一の姫の暗い情念の上にあることはあきらかだが、誇りやかに美しく天地を鳴りどよませる二の姫にも、愛情を惜しんでいないことは注意してよい。「霞立つ空殿を／七尺の裾曳いて／黄金の跡印けぬ」の絶唱は、二の姫に捧げられている。

清白は七五調も用いたが、その独創はここに見る五五調の緊迫にある。上田敏もかの人口に膾炙した「秋の日の／ギオロンの／ためいきの／身にしみて／ひたぶるに／うら悲し」のごとく五五調を試みたけれど、おなじ五五調といってもギターのポロンポロンという弾き語りに近く、それに比すれば清白の五五は幽秘から華麗にわたって、ピアノ協奏曲さながらの推進力を示す。まさに堂々の声調で、「国領を去りし時／春風は微吹きぬ」の終連二行に、日夏耿之介は賛辞を惜しまなかった。

要するに明治文語定型詩とは、最高の形態においてもかくのごときものであった。形式の美しさの裏に、どれだけの詩の働きがあったのか。詩の働きとは人を覚醒させ、その生を支えるところにあるとすれば、清白はいささかはその働きを示すところがあったとは言え、現代人の心をとらえるに、やはりもう一歩実在《サブスタンス》へ踏みこむ姿勢乏しきは、明治文語詩人として免れぬ運命だったのか。しかし、その内にあって清白の示した一歩は、はるか昭和の後、伊東静雄の出現を予兆するものだった。『孔雀船』一巻はことごとく名篇で、『安乗《あのり》の稚児』が折口信夫《しのぶ》に霊感を与えたのは有名な話になっている。

故国

テオドル・オオバネル
上田　敏

小鳥でさへも巣は恋し、
まして青空、わが国よ
うまれの里の波羅葦増雲《バライソウ》

上田敏（一八七四〜一九一六）の『海潮音』は明治三八年に世に出て以来、長い間この国の子女を酔わしめてきた名訳詩集である。少年の私にとっても大事な本で、昭和二二年春、大連から引き揚げる際、わずかな手荷物の中に豪華本仕立てのこの詩集を忍ばせていた。だがソ連当局はどういう訳か、引き揚げ日本人に書物を携行することを許さず、私の『海潮音』も検閲に当たるソ連兵に没収された。背の高い彼の肩越しにうしろへ放り擲げられて、抛物線を描く書物たちが与えた喪失感については、ずっと以前短文を書いたことがある。

この詩集には、「山のあなたの空遠く」とか「ながれのきしのひともとは」とか、少なくとも戦前に思春期を迎えた少年少女の愛唱した端唄も含まれているが、もちろん真面目を示すのはフランス高踏派、象徴派、英国ラファエル前派の芸術至上主義的作品のみごとな訳業だった。ヴェルレーヌの『落葉』、ブラウニングの『春の朝』などの新鮮な声調は、泣菫・有明と並んで、明治文語詩の美への試行のあとを示すものである。

だが私は五〇代だったか、再びこの詩集を読み返し、少年の日の感動が一向に甦ってくれないのにおどろいたことがある。泣菫・有明の場合とおなじことが起こったのだ。要するに文語による華麗な表現というものは、複雑多岐な心象を抱える現代人にとっては、もはや絵空事のようにしか映らないのかも知れない。

読み返して採りうるのはオオバネルの小品のみだった。少年の時もこの三行は好きだったし、いまもしみじみ懐かしい。マルセイユの若い洗濯女が空を見上げて口誦《ずさ》んだといった趣きだが、いわば永遠の郷愁というべきものがここにある。

西班牙を望み見て

ノアイユ夫人
永井荷風

乾《かわ》きし庭《には》の面《おもて》に日《ひ》は照《て》りて、夕立《ゆふだち》にうたれたるダリヤの初花《はつはな》は、緑《みどり》なす長《なが》き茎《くき》をば白《しろ》き家《いへ》の壁《かべ》に倚《よ》せかけたり、海《うみ》はとどろきわたりて、若《わか》き牧神《フォーン》の如《ごと》く吹《ふ》く風《かぜ》は、其手《そのて》に押《おさ》ゆる衣《ころも》を剝《は》ぎて、路上《ろじやう》に若《わか》き女《をんな》を辱《はづかし》めんとす。あたたかく、うつらうつらと暮《く》れて行《ゆ》くBasque《バスク》の里《さと》の夕《ゆふ》まぐれ。われは彼方《かなた》に、忽如《こつじよ》として入日《いりひ》に染《そま》りかがやける、怪異《くわいい》なる西班牙《エスパンユ》をこそ望《のぞ》み見《み》たれ。

地《ち》平線《へいせん》の上《うへ》に腕《かひな》を長《なが》くさしのべなば、われは燃《もゆ》るかの土《つち》と紅色《くれなゐ》の石榴《ざくろ》とに触《ふ》れもやせん。金光燦爛《きんくわうさんらん》たる国土《こくど》かな。鳥飛《とりと》ばず、曇《くも》りもせず、色《いろ》もあせざる空《そら》の下《した》。乾《かわ》きて黄《きいろ》きToboso《トボソ》の谷《たに》の、身《み》も焼《や》けぬべきそぞ

ろ歩《ある》きよ。唐辛《たうがらし》の紅色《くれなゐ》と、黄橙《おれんぢ》の焔《ほのほ》の色《いろ》に、絹《きぬ》の衣裳《いしやう》を染《そ》めなして音《おと》
騒《さわ》がしき西班牙《エスパンユ》の、いらだつ舞《ま》ひのとどろきや。又《また》われは聞《き》かずや。血《ち》
まぶれの Tourbadour《トルバドル》 華美《はで》ないさみの若者《わかもの》が、屠《はふ》る牡牛《をうし》に Arène《アレエヌ》 の桟敷《さじき》も
崩《くづ》れん叫《さけ》び声《ごえ》。

わが身《み》はここに佛蘭西《フランス》の、やさしき大気《たいき》の中《なか》につつまれて、心《こゝろ》おどろ
き胸重《むねおも》し。ほほゑめる静《しづ》けき Basque《バスク》 の山《やま》と水《みづ》。雲《くも》は集《あつま》りて、Guéthary《ゲタリー》 の
いただきに息《いこ》へり。

神聖《しんせい》なる西班牙《エスパンユ》。ああ今宵《こよひ》われ、君得《きみえ》まく思《おも》ふ心《こゝろ》の乱《みだ》れに堪《た》へぬかな。

❀

荷風（一八七九〜一九五九）の『珊瑚集』（大正二年）は、『海潮音』

と並び称される名訳詩集であるが、ここに掲げた一篇は特に傑出した出来で、『海潮音』にはこれに及ぶものはひとつもないと思う。訳詩というのは変なもので、原詩を仮りた創作の働きがなければ詩にならない。荷風の文語文の遣いかたは、華麗で優しく調子のよい上田敏よりも、はるかに巧妙で陰翳に富む。

この訳詩でよろしいのは息の長い声調と、つぼにはまった語彙の用いかたで、ちょっと真似のできない凄艶な趣きを呈している。荷風の審美眼、言葉に対する感覚の上等さを思うべきだ。明治大正の文語詩の中で、最も美しいのはどれかと尋ねられたら、私はためらわずこの訳詩一篇をあげたい。文語詩は声調をもって第一とする。このような纏綿として気品ある情調は、よくこの一篇のみが達しえたところだと私は考える。このような詩を読むときは、眼だけで詩行を追ってはならない。声に出さぬまでも、出すつもりでゆっくり口誦《ずさ》むべきである。

第三連と、第四連後半は省いた。現代人は辛抱がないので、そうした方が読んでもらえるのではないかと気遣ったからである。「ノアイユ夫人」については知らない。篠沢秀夫『フランス文学案内』は『重要事項解説』の「ロマン主義（一派）」の項にアンヌ・ド・ノワイユの名をあげるのみ。とすれば、「ノアイユ夫人」の名がわが国読書子の心に留まったのは、荷風訳詩の美のもたらした功徳というべきか。

桐の花 抄

北原白秋

嘆けとていまはた目白僧園の夕《ゆふべ》の鐘も鳴りいでにけむ

ふくらなる羽毛襟巻《ボア》のにほひを新らしむ十一月の朝のあひびき

ぬくぬくと雙手《もろて》さし入れ別れゆくマフの毛いろの黒き雪の日

しみじみと二人泣くべく椅子の上の青き蜥蜴《とかげ》をはねのけにけり

君かへす朝の舗石《しきいし》さくさくと雪よ林檎の香のごとくふれ

君がため一期《いちご》の迷ひする時は身のゆき暮れて飛ぶここちする

白秋（一八八五〜一九四二）と出会ったのは終戦の翌年の春だった。誰から借りたのであったか、アルスから出た赤い大判の全集だったと思う。詩集『邪宗門』『思ひ出』からはほとんど何の感銘も受けなかった少年の私が、歌集『桐の花』（大正二年刊）には反応した。当時作っていた短歌はもっぱら白秋と牧水の口真似で、級友たちと語らって出し始めた回覧雑誌『詩と真実』にのせたのも、そういう稚い短歌だった。『詩と真実』は四号ほど続いた。この誌名は黒阪靖久君がつけた。むろんゲーテに由ったのである。

この昭和二一年の春は、私の一生でもなにか華やいだ特別な時期だった気がする。というのは私が文学というものの存在に本当に目覚めた昭和二〇年は敗戦の年で、ソ連兵が自動小銃をいつでも発射できるように、筒先を下にして肩に掲げた恰好で大連へ進駐して来たあとは、彼らによる婦女暴行、路上での掠奪など物情騒然たるうちに、やがてきびしい冬が来た。その冬私はドストエフスキーやジイドやシェストフなどのおかげで、観念的に自閉した暗い日々を送ったようだ。

ところが昭和二一年の春が来て、私は大連一中四年生になった。最上級の五年生も終戦後の解放気分でこわくない。大連は三月の末になっても土は雪に覆われていて、四月になってやっと一斉に花が咲く。大連を代表する街路樹のアカシアの花が咲くのは五月だが、それまでにれんぎょう、あんず、ライラックなど一時に開花する。白秋とはちょうどこのとき出会った。それはひとつの官能の目覚めだったともいえる。

中学一年以来の親友で、『詩と真実』の仲間でもある山口誠一君が、近所のふたりの女の子を可愛がっていて、私に紹介した。二人とも小学校四年生である。私はそれまで女の子とは話をしたこともなかった。むろん学校にあがる前、原っぱで遊んだ子はいるが、戦前は小学校二年で男女は別クラスとなり、それ以後女の子との接触は断たれた。校庭で女生徒と話でもしようものなら、級友から囃し立てられ、身の置きどころもなくなる。中学生になって色気づいて来れば、街を歩いていて向うから女学生がやって来るのがわかると、どきどきしながらわざと目をそらして行き交う。顔はもう数十メートル前から上気して赤くなっている。街で女学生と立ち話するなど、不良のすることである。戦時中のことではあり、もし上級生に見つかろうものなら、呼び出されてビンタを喰らう。「あれはイトコなんですけど」と言ったって駄目だ。「何がイトコだ」と、一発が二発になる。まあそういう具合だったから、山口君が紹介した小学四年の女の子二人が私の生まれて初めてのガールフレンドだった。

と言って、相手は小学生だし、格別なことがあったわけではない。四人で大連神社裏の小山へ遊びに行ったりした。花でも摘んだろうか。相手からすると山口君と私は「お兄ちゃん」だから、手ぐらいはつないだかも知れぬ。恋愛じゃないことはもちろんだが、軽い擬似的な感情はあったのだと思う。二人のうち一人は活発な美少女で、これは山口君の明らかなお気に入りだった。私は連れの無口で強情そうな子の方が好きだった。このことも早くも私の性情を告げるものとして、いささかゾッとする。半年くらいこんなふうに遊んだかしら。白秋の歌はこういった少女との無邪気な交遊ともども鳴りしていたのだった。

白秋の歌はそんな少年少女の戯れとは何の関係もない。彼は人妻と通じて夫から姦通罪で告訴され、短期間ではあれ女ともども下獄した。その間の経緯は、瀬沼茂樹『日本文壇史』第二一巻に詳しい。掲げたのはそういう背景から生まれた歌である。私は当時、そういう事情も知っていたと思うが、まだ男女の性愛にはうとくて、もっぱらボアとかマフとか、ハイカラな風情に酔っているだけだった。「君かへす」というのが、二人一夜をともにしたきぬぎぬの別れだくらいはわかっていたはずなのだが、「雪よ林檎の香のごとくふれ」の句の華やかさの方が心に響いた。

冒頭の一首はずっと忘れずに暗唱していた。この歌は声調が何ともいえず好きで、嘆きの内容が何であろうと構わず、また目白僧園がカトリックであろうと知ったことではなく、ただこの一首を呟くだけでその日の自分が慰藉されるのだった。

飛行機

石川啄木

見よ、今日も、かの蒼空に
飛行機の高く飛べるを。

給仕づとめの少年が
たまに非番の日曜日、
肺病やみの母親とたった二人の家にゐて、
ひとりせっせとリイダアの独学をする眼の疲れ……

見よ、今日も、かの蒼空に
飛行機の高く飛べるを。

啄木（一八八六～一九一二）は一九歳で詩集『あこがれ』を出版し、天才ともてはやされたが、その作品は日夏耿之介の言うごとく、技巧に見るべき点があったとしても、所詮は泣菫、有明の「模倣詩」にすぎなかった。彼の詩人としての天稟を示すのは、二六歳で死んだあとに編まれた詩集『呼子と口笛』である。それには有名な『はてしなき議論の後』や『ココアのひと匙』が含まれているが、詞華集のたぐいに啄木の代表作として採られるこの二篇に私の心はもはや動くことがない。

この二篇ならびに『激論』『墓碑銘』『古びたる鞄をあけて』の諸篇は、いずれもロシアナロードニキ運動の面影を帯びており、決して啄木自身の経験を踏まえたものではない。それは作中しばしば室内の照明として蠟燭が登場することで知られる。一九一一年（明治四四年）の日本の室内照明が蠟燭であるはずはない。彼はこういった架空の革命家の姿を描き、その中に自分を置いて貧困と病いにあえぐおのれを慰めていた。「五十年前の露西亜の青年に劣らず／われらは何を為すべきかを議論す」とあっても、すべては仮空の映像であり、ここに登場する青年男女は啄木自身の脳中においても、若いロシア人男女の貌をしていたはずである。

だからこれらの詩はトゥルゲーネフの小説の一場面さながらであり、そしてそういうものとして読めば、面白いのはむしろ『激論』や『古びたる鞄をあけて』の二篇なのである。前者では同志の経済学者Nと新社会における権力のありかたについて激論となったが、席上唯一の婦人たるNの婚約者は「初めよりわが味方なりき」と語られ、後者では国禁の書を古びたる鞄より取り出した友は一葉の写真を私に示したが、「そは美くしとにもあらぬ若き女の写真なりき」とうたわれる。いずれも小説の一場面として鮮明な仕上りで、私はこういう啄木のかなしい空想のほうがいまや面白いのだ。

ところが『呼子と口笛』には、『書斎の午後』『家』『飛行機』という、まったく異質な三篇が含まれていて、この三篇はどれも好きだ。『書斎の午後』は短くて「われはこの国の女を好まず／読みさしの舶来の本の／手ざはりあらき紙の上に／あやまちて零したる葡萄酒の／なかなかに浸みてゆかぬかなしみ／われはこの国の女を好まず」というのだ。これも小説の一シーンと読めて、なんで日本女がいやなのか、理由はわからぬものの、何か性愛の靄がただならず立ちこめてくる感じがある。

ところでここに採った『飛行機』。少年のころから私はこの詩が好きで、読むたびに心が暢やかになるのを覚えた。空が秋空でなければならぬのは当然で、明治の末年の話だから、飛行機も単座複葉であったはずである。

第一連は第三連に繰返され、そのはるかなものへの解放感、悲哀を帯びたあこがれが明示されているが、「見よ」とは誰が言っているのだろう。第二連では空高くきらめき飛ぶ物体と対比して、貧しい母子の家庭がうたわれる。「給仕」というのは会社勤めの最下級職で、少年が小学校出であることを明示する。だからこそ彼は中学校卒の資格を取得するために英語の教科書を独習しているのである。結核を病む母親はひたすらこの子のささやかな出世を期待している。「見よ」というのは作者の声で、独習に疲れたこの少年の目を空へ向けさせようとしているという解釈も成り立つ。「疲れただろう。空を見てごらん、ほら飛行機が飛んでいるよ。元気を出してね」というふうに。

いやいや、「見よ」というのは少年の内心の声ではないのか。横文字を追うのに疲れてふと空を見上げると、空高く飛行機が舞っている。「見て、見て、ほら、あんなに飛行機が」と彼は誰にともなく呟いたのではなかったか。いずれにせよ、明治末年、何とか人間らしい暮しに、病身の母とともにたどりつこうとしている少年のセンチメントが、永遠の図像のようにここに刻印された。「今日も」というからには、窓から飛行機を見上げるのは初めてのことではあるまい。この最新の文明の利器は、少年にとってすでに親しいものであった。その先に、特攻機に乗って飛び立とうとしている少年航空兵の面影を読みとるのは、悲しくも許された鑑賞の自由である。

家

石川啄木

今朝も、ふと、目のさめしとき、
わが家と呼ぶべき家の欲しくなりて、
顔洗ふ間もそのことをそこはかとなく思ひしが、
つとめ先より一日の仕事を了へて帰り来て、
夕餉《ゆふげ》の後の茶を啜り、煙草をのめば、
むらさきの煙の味のなつかしさ、
はかなくもまたそのことのひょっと心に浮び来る――

場所は、鉄道に遠からぬ、
心おきなき故郷の村のはづれに選びてむ。

西洋風の木造のさっぱりとしたひと構へ、
高からずとも、さてはまた何の飾りのなくとても、
広き階段とバルコンと明るき書斎……
げにさなり、すわり心地のよき椅子も。

この幾年に幾度も思ひしはこの家のこと、
思ひし毎に少しづつ変へし間取りのさまなどを
心のうちに描きつつ、
ランプの笠の真白きにそれとなく眼をあつむれば、
その家に住むたのしさのまざまざ見ゆる心地して、
泣く児に添乳する妻のひと間の隅のあちら向き、
そを幸ひと口もとにはかなき笑みものぼり来る。

さて、その庭は広くして草の繁るにまかせてむ。
夏ともなれば、夏の雨、おのがじしなる草の葉に

音立てて降るこころよさ。
またその隅にひともとの大樹を植ゑて、
白塗の木の腰掛を根に置かむ――
雨降らぬ日は其処に出て、
かの煙濃く、かをりよき埃及《エジプト》煙草ふかしつつ、
四五日おきに送り来る丸善よりの新刊の
本の頁を切りかけて、
食事の知らせあるまでをうつらうつらと過ごすべく、
また、ことごとにつぶらなる眼を見ひらきて聞きほるる
村の子供を集めては、いろいろの話聞かすべく……

いつとしもなく若き日にわかれ来りて、
月月のくらしのことに疲れゆく、
都市居住者のいそがしき心に一度浮びては、
はかなくも、またかなしくも、

なつかしくして、何時までも棄つるに惜しきこの思ひ、
はじめより空しきことと知りながら、
なほ、若き日に人知れず恋せしときの眼付して、
妻にも告げず、真白なるランプの笠を見つめつつ、
ひとりひそかに、熱心に、心のうちに思ひつづくる。

⁂

むかし、プチブルジョワ、略してプチブルという罵倒語があった。むろん共産主義運動が人心を捉えていたころの話である。一七歳で共産党員になった私は自分がプチブルと呼ばれる社会階層の出身であることをつねに気に病んでいた。党の文書で「プチブル的傾向」などという文言に出会うと、ギョッとした。プチブルの特徴は生活を楽しもうとするところにある。私の家は金持ちではなかったが、母はリプト

ン紅茶の青罐を欠かさず、日曜の朝食はバケットのトーストと目玉焼きにハム、それに紅茶だった。昭和一〇年代の話である。

早い話が啄木は、貧しくて肺を病んで、朝日新聞の校正係の薄給で一家を養いかねていたあの啄木は、そういった「プチブル的文化生活」に切なくも憧れていたのだ。この『家』という詩は、折角社会主義という正しい世界観に到達した啄木が、プチブル的残滓を克服しきれなかった証拠と、少なくとも左翼的文学運動のなかでは解されていた。「残滓」というのも当時の左翼用語のひとつで、読みはザンシ、意味は残りかすである。

ところがある日私は、吉本隆明というあまり知らぬ新進の評論家が、この啄木の『家』を論じている文章を読んだ。その人は「文化生活」を望んで何が悪い、もしマルクス主義運動に意味があるとすれば、すべての大衆にそういう生活を保障することにあると論じていた。私は目が醒めた。「プチブル」という憑きものは落ちたのである。

この詩で啄木は気負わない素直な心で、しみじみとした調子でうたう、というより語っていて、そこによさがある。だが冗漫という欠点もそこに生じた。弛緩といってもいい。彼にはもう気力も体力もなく、ただはかなくなつかしい心に自分を任せた。生きていたら、もう少し推敲して、引き締めたであろう。実は私はもとの詩から数行を削った。もともとこのアンソロジーには、あまり長い詩をのせたくはなく、少しでも短くしたかったこともある。しかし何よりもいいのは、ここで啄木が生活の理想を語っていることだ。家とはまさに生活の理念の具現にほかならぬのだから。その理想には、村の子どもらに話を聞かせることも含まれている。何を語るつもりであったろう。ここにはウィリアム・モリスのそれに通じるものがあるのではなかろうか。プチブルの理想とはまさに平民主義的美的生活である。

赤光、あらたま 抄

齋藤茂吉

あかあかと一本の道とほりたりたまきはる我が命なりけり

野のなかにかがやきて一本の道は見ゆここに命をおとしかねつも

♛

あかときの草の露玉七いろにかがやきわたり蜻蛉《あきつ》うまれぬ

ふり灑《そそ》ぐあまつひかりに目の見えぬ黒き蛼《いとど》を追ひつめにけり

春なればひかり流れてうらがなし今は野の辺に蟆《ぶ》子《と》も生《あ》れしか

土の上に赤棟蛇《やまかがし》遊ばずなりにけり入る日あかあかと草はらに見ゆ

♛

あさぼらけひとめ見しゆゑしばだたくくろきまつげをあはれみにけり

はつはつに触れし子ゆゑにわが心今は斑《はだら》に嘆きたるなれ

ほのぼのと目を細くして抱《いだ》かれし子は去りしより幾夜か経たる

わが命つひに光りて触《ふ》りしかば否といひつつ消ぬがにも寄る

木のもとに梅はめば酸しをさな妻ひとにさにづらふ時たちにけり

♛

死に近き母に添寝のしんしんと遠田《とほだ》のかはづ天に聞ゆる

のど赤き玄鳥《つばくらめ》ふたつ屋梁《はり》にゐて足乳根《たらちね》の母は死に給ふなり
わが母を焼かねばならぬ火を持てり天《あま》つ空には見るものもなし
あが母の吾《あ》を生ましけむうらわかきかなしき力おもはざらめや

♕

草づたふ朝の螢よみじかかるわれのいのちを死なしむなゆめ

❦

齋藤茂吉（一八八二〜一九五三）の第一歌集『赤光』の刊行（大正二年）は日本近代文学史上の事件だった。この新声におどろいたのは歌人だけではない。詩人を始めとする文学者はむろんのこと、画家にさえこの歌集は衝撃であったといわれる。明治末の「パンの会」『すばる』から大正の『屋上庭園』にいたるまでの、いわゆる「頽唐」の時代には、歌人はいまのように歌壇に自閉せず、詩人や画家との交流も深かった。彼らにとってこの赤き光は、『白樺』派によって紹介されつつあったゴッホら後期印象派の絵画とも呼応するもののように感じられた。『あらたま』は大正一〇年刊だが、歌の調子は『赤光』に連続している。

芥川龍之介は言う。「僕の詩歌に対する眼は誰のお世話になったのでもない。齋藤茂吉にあけて貰ったのである。もう今では十数年以前、戸山の原に近い借屋の二階に『赤光』の一巻を読まなかったとすれば、僕は未だに耳木兎《みみづく》のやうに、大いなる詩歌の日の光をかい間見ることさへ出来なかったであらう」。

私には芥川のように言える経験はなかったが、それでも二十歳《はたち》前後の詩歌体験のうちには、『赤光』『あらたま』のいくつかの歌があったことは確かだ。それは中野重治のおかげだった。中野の『齋藤茂吉ノート』を読んだのは五高へ入る前後、一七歳のときで、それまでもちろん茂吉の名も、「朝あけて船より鳴れる太笛《ふとぶえ》のこだまはながし並《な》みよろふ山」といった歌も、中学の国語教科書で知ってはいたが、茂吉がこんな近代的ないわば哲学的抒情詩人だとは、中野に初めて教えてもらったことだった。『斎藤茂吉ノート』を読んで私は初めてこんなふうな文芸評論を書きたいと思った。いや正確に言うと、こんなふうな日本近代精神史を書きたいと思った。その初志のほんの一端は実現してきたと思う。

私が短歌を作ったのは旧制中学三、四年の頃で、しばらく中断したあと、一八歳で結核療養所にはいって、一年ばかりまた作ったかと思う。というのは病棟ごとに短歌会があったからで、まさに「悲しき玩具」というだけのことだった。ところが思いもせぬことに、五〇代の終りに突然歌ごころが生じて、またいくつか作った。短歌という奴は、俳句もそうかも知れぬが、素人がもてあそんでも罪にはならぬのである。茂吉の歌はそんな歌ではない。一生をかたむけた表現だった。その頂点は晩年にあるとされるけれども、素人の私になつかしいのは

『赤光』『あらたま』である。「草づたふ朝の螢よ」とうたえば、自分も生きていてよいのだという気になれた。

妙子さん

中 勘助

かわいいかわいい妙子さん
まみえのしたがうつくしい
お父様ほどふくらまず
お母様ほどひっこまず
おしどりみたいでうつくしい

かわいいかわいい妙子さん
小さなはながかわいらしい
てんぐさまほどたかからず
おかめさんほどひくからず

おだんごみたいでかわいらしい

中勘助（一八八五〜一九六五）は名作『銀の匙』で知られる作家・エッセイストであるが、文壇的野心はなく地味な存在にとどまったものの、少数の熱烈な読者によって愛され続けて来た。彼の兄は将来を嘱望された秀才で、創立間もない九大医学部に教授として迎えられたが、脳出血を起してねたきりの廃人となった。勘助は嫂（野村靖子爵の息女）への同情から、兄が昭和一七年に死亡するまで、三四年間この一家の面倒を見続けたのである。その間結婚することもなかった。

岩波文庫版『菩提樹の蔭』の解説で山本健吉は言う。「彼は書くことを第一に考えず、自分が宿命的に繫がれた中家の人たちの生活を第一に考え、その重荷を背負っての尽瘁《じんすい》のため生涯の大半を犠牲にした……創作はその余暇を利用してなされたに過ぎない」。

ところが彼には生涯をかけて愛した女性がいた。一高以来の友人江木定男の長女妙子である。彼は大正五年、三二歳のとき東京の郊外だった千駄谷に仮寓、近くに江木の家があって、当時九歳の妙子を知った。年齢はいずれも数え年、妙子は小学二年生だった。少女との交情は大正一二年になって雑誌『思想』に発表された『郊外　その二』に詳しい。岩波文庫版『菩提樹の蔭』はこの『郊外　その二』と『妙子への手紙』を収める。

妙子が勘助の家へ初めてあがったのは、大正五年一二月二六日。女中に連れられて来た妙子を、勘助が来合せていた「おばさん」に、「これ私のお嫁さんです。なかなか別嬪でしょう」と「ほんとに自慢するような気もちでい」うと、妙子は「お嫁さんじゃない」とはねのける。手をひいて二階へあげ座蒲団を出すと、「蒲団だいきらいだ」と畳にじかにすわる。なかなかのお転婆なのである。

勘助は「おどおどわくわくし」て、「うかうかして帰るなんていいだされちゃ大変だと思って」、おもちゃを見せる。「そうしながらも半分夢心地にぼうっとして」、「よく来たのねえ、よく来たのねえ」と繰返す。「こないだからあんなに端書あげたのになぜ返事をくれなかったの」「字が下手だから」。まるで本当の恋人を迎えたときのような他愛なさなのだ。

「お父様が、こんだ妙子っていう子供が生れるからあげようって仰しゃったんだからどうしてもお嫁さんにしなければ承知しない。ちゃんと約束がしてあるんだから」。「じゃ家へ帰ってお父様にきいてみる」。「こんなに沢山おもちゃがある家へお嫁にくればいいじゃありませんか」。「でも私が大きくなるまでに中さんはお爺さんになっちまう」。「だから年とらずに待ってる」。「自然に年とるからだめだ」。そして「ちょっとここへいらっしゃい」といって、膝に乗ってくるのに頬っぺたをくっつけ、そして頬にキスしてもいやがらない。

これをきっかけに勘助は妙子と大の仲良しになって、妙子も「大好きだ」と言って、自分から勘助の首にとびついて来る。そして頬っぺたをくっつけて放さない。妙子の祖母も母もそれを笑って見ている。そういう仲が小学校三年のとき一杯続いた。

妙子は活潑な子で原っぱで男の子と喧嘩もする。勘助が見ていると、相手の子が「やーい、ぶつけるならばぶつけてみろ」とからかうのに、「ぶつけるとも」と煉瓦のかけらを投げとばした。この「……するとも」というのもいまは廃れてしまった言いかたで、啄木の小説の中で、ある少女が仲よしの男の子との仲を悪童らに、夫婦になるんだろうとからかわれ、「なるとも、なるとも」と言い返すシーンがあったのを、私は思い出す。明治・大正の女の子はけっして男の子に負けてはおらず、それがまたかわいかったのである。

明治・大正の女の子は少々ませていた。妙子は小学校二年でもうお祖母さんに薄化粧してもらっていた。勘助が「妙子さん、あなたにききたいことがある」と言うと、笑って「わかってるからきかないでもよござんす」と来る。「あなたはこのごろ学校がなくて退屈だもんだから私が好きなんでしょう」ときくと、「ええそうです」と澄ます。

呼吸をのみこんでいるのだ。これで小学三年なのである。

　掲出した唄は、勘助が妙子の作った唄に手を入れてやったついでに、「私がひとつ作りましょう」と、即席に出来たものだ。妙子は「あらひどい、おだんごみたいだなんて」と言って、雑誌を読み始める。読み終ると膝の上に乗って来てはしゃぐ。このあいだ電車の中でみかけたとき、友達となにしてたとたずねると、「撃剣のまね」と言って、「おめっぽん」と勘助の頬を平手で打つ。両手で身動きできぬよう抱き締めてやると、「こんだは頭でごんごん腭《あご》をぶつ……そのあいだの可愛さったらなかった」。

　仮に私が「妙子さん」と題をつけたこの唄は、童謡としても別に傑出したものではない。言葉遣いの巧みさと品のよさはさすがといった程度のものだ。私はただ勘助のこの少女愛のことが書きたくて、この唄を引用した。文章では彼はもっと精妙に描いている。「妙子さんの顔でいちばん美しいところは眉から眼へかけてである。……長く、あくまで力強く、しかも柔《やわらか》にひいた立派なまみえ、それからうわ瞼《まぶた》へかけて鴛鴦《おしどり》のそれのようななんともいえない微妙な艶《えん》な曲線が流れている」。

日記の形をとった『郊外　その二』は大正六年一一月一六日で終っている。『妙子への手紙』も大正五年一一月から始まり、大正八年でひとまず終っている。大正八年の一通のみの手紙には「あなたはたいへん大きくおとならしくなったそうね」とあって、この頃勘助は妙子と会っていなかったらしい。妙子は五年生になっていた。次の手紙は昭和三年、パリにいる妙子に当てられ、このとき妙子は結婚して姓も猪谷《いだに》と変り、子も生まれていた。最後の手紙は昭和七年である。妙子は昭和一七年に三五歳で死に、勘助はその後の手紙を収録する意欲を失ったようだ。昭和一七年は廃人となっていた兄が死んだ年でもあった。勘助はこの歳初めて結婚して家庭を持ったのである。

勘助の生涯については伝記にも書かれていることだし、研究もなされているのだから、勘助が娘になり結婚をするまでの妙子とどんなふうな交わりを続けていたのか、調べれば調べられぬこともなかろう。

だが私はそこまでの労をとる気はない。妙子の父は大正一一年に死んでいるので、文字通り父代りだったのかも知れない。

私が関心があるのは、大正六年時の彼の妙子への熱情である。学校の帰りを待ち伏せしたり、行動は一般の恋と変らない。しかし彼の妙子への愛は、男の女に対するふつうの恋着と同一視するのを許さぬ無私なところがあった。性愛の対象を少女へ向ける特殊な性情は、洋の東西にわたって知られている。妙子への愛はそれに似て、本質的に異なっていた。「私のお嫁さん」というのは、冗談であるようで本音が隠れていて、勘助は文字通りこの少女に恋をしたのかも知れないが、もともと慈悲の愛へ育つ性格をもっていた。それは次の言葉によって明らかである。

「いつぞやの手紙にあなたは私のあなたに対する愛情を盲目的といったね。確かに……そういう言葉を使ったこともあったが……『無条件』と訂正しておいたつもりだ。……私はいかにあなたが可愛くともそのためにあなたの正体を見損うようなことはいやだ。ただあなたの

正体がどんなであろうともそのままが可愛いというのだ」（平塚からジュネーブへ　昭和四年）

「あなたがお嫁にいってから私はほっと安心して気がらくになった。……なんだか自分の責任がなくなったような気がして……」（平塚からジュネーブへ　昭和五年）

「あなたが私のまえでちっとも自己をいつわる必要がなくていいということ、それは確《たしか》にそうだろう。あなたがどんな人間であろうと、なかろうと、そういう理由で膝からほうり出す気づかいはないのだからね」（平塚から東京へ　昭和六年）

「あなたの欠点は昔から知りぬいているから今さら事新しく驚きもしない。それらの欠点を承知のうえで私はあなたを可愛がっているのだ。……私はいつもあなたを可愛がっているあいだに『可哀想に』という気もちを忘れることができない」（平塚から東京へ　昭和六年）

これはプラトニックの愛というのとも違う。性愛抜きの言葉であるには違いないが、神の愛ではなく、あくまで男の女に対する最高の愛のありかたと思えるのだ。勘助は、妙子が「それまで無上のものと信頼し思慕した父の愛よりも私のそれのほうが無私の点においてはより多く無私であるのを見た」とさえ言っている。無私の愛とは慈悲でなくて何であろうか。

高村光太郎

智恵子

夜の二人

私達の最後が餓死であらうといふ予言は
しとしとと雪の上に降る霙《みぞれ》まじりの夜の雨の言った事です
智恵子は人並はづれた覚悟のよい女だけれど
まだ餓死よりは火あぶりの方をのぞむ中世期の夢を持っています
私達はすっかり黙ってもう一度雨をきかうと耳をすましました
少し風が出たと見えて薔薇の枝が窓硝子に爪を立てます

風にのる智恵子

狂った智恵子は口をきかない
ただ尾長や千鳥と合図する
防風林の丘つづき
いちめんの松の花粉は黄いろく流れ
五月晴《さつきばれ》の風に九十九里の浜はけむる
智恵子の浴衣が松にかくれ又あらはれ
白い砂には松露《しようろ》がある
わたくしは松露をひろひながら
ゆつくり智恵子のあとをおふ
尾長や千鳥が智恵子の友だち
もう人間であることをやめた智恵子に
恐ろしくきれいな朝の天空は絶好の遊歩場
智恵子飛ぶ

値《あ》ひがたき智恵子

智恵子は見えないものを見
聞えないものを聞く

智恵子は行けないところへ行き
出来ないことを為《す》る

智恵子は現身《うつしみ》のわたしを見ず
わたしのうしろのわたしに焦がれる

智恵子はくるしみの重さを今はすてて
限りない荒漠の美意識圏にさまよひ出た

わたしをよぶ声をしきりにきくが
智恵子はもう人間界の切符を持たない

山麓のふたり

二つに裂けて傾く磐梯山の裏山は
険しく八月の頭上の空に目をみはり
裾野とほく靡《なび》いて波うち
芒ぼうぼうと人をうづめる
半ば狂へる妻は草を藉《し》いて坐し
わたくしの手に重くもたれて
泣きやまぬ童女のやうに慟哭《どうこく》する
――わたしもうぢき駄目になる

わたくしは黙って妻の姿に見入る
意識の境から最後にふり返って
わたくしに縋《すが》る
この妻をとりもどすすべが今は世に無い
わたくしの心はこの時二つに裂けて脱落し
闃《げき》として二人をつつむ此《こ》の天地と一つになった

レモン哀歌

そんなにもあなたはレモンを待つてゐた
かなしく白くあかるい死の床で
わたしの手からとつた一つのレモンを
あなたのきれいな歯ががりりと嚙んだ

トパァズいろの香気が立つ

それからひと時
昔山《さん》巓《てん》でしたやうな深呼吸を一つして
あなたの機関はそれなり止まつた
写真の前に挿した桜の花かげに
すずしく光るレモンを今日も置かう

梅酒

死んだ智恵子が造つておいた瓶の梅酒は
十年の重みにどんより澱んで光を蔵《つつ》み
いま琥珀の杯に凝つて玉のやうだ
ひとりで早春の夜ふけの寒いとき

これをあがってくださいと
おのれの死後に遺していった人を思ふ

厨《くりや》に見つけたこの梅酒の芳りある甘さを
わたしはしづかにしづかに味はふ
狂瀾怒濤の世界の叫も
この一瞬を犯しがたい
あはれな一個の生命を正視する時
世界はただこれを遠巻にする
夜風も絶えた

高村光太郎（一八八三～一九五六）は大正三年、三一歳で長沼智恵

子と結婚、同年有名な詩集『道程』を出した。明治の名高い彫刻家光雲の子として生まれ、上野の美術学校で彫刻を学び、ヨーロッパにまる三年遊び、帰朝して「パンの会」のメンバーとなり詩を書いた末のことだった。智恵子は昭和六年、結婚後一八年目に精神に変調を来たし、翌年自殺未遂、統合失調症と診断され、昭和一三年に死んだ。光太郎、五五歳であった。「智恵子が私の支柱であり、智恵子が私のジャイロであったことが、死んでみるとはっきりした」と彼は戦後書かれた『暗愚小伝』で言う。

智恵子をうたった詩篇は数多く、その中では「ちゑ子は東京に空が無いといふ」とうたい出される『あどけない話』が有名である。「あれが阿多多羅山《あたたらやま》／あの光るのが阿武隈川《あぶくま》」で始まる『樹下の二人』も、智恵子をうたったものであろう。私はここに六篇を採った。ただし『山麓のふたり』は五行、『レモン哀歌』は八行、『梅酒』は四行省略した。いずれもスペースをおもんばかっただけのことである。

光太郎には『雨にうたるるカテドラル』という代表作があり、少年の日私も愛唱した。だがいま心にしみじみと残るのは、これら智恵子をうたった詩篇である。彼の『あなたはだんだんきれいになる』と題する短詩は「女が付属品をだんだん棄てると／どうしてこんなにきれいになるのか……あなたが黙って立ってゐると／まことに神の造りしものだ」とうたう。これも智恵子への讃美だろうし、かつては「女とは悪しきものの名なるかな」と嘆じた若き詩人が、このような女人との冥合に達したことに、私はほかの何よりも感銘を受ける。その精神の冥合の一瞬は、狂瀾する政治世界・国際情勢など「犯」すこともできず遠巻きにするほかないと光太郎は歌う。このとき詩人は存在の最深部に達した。

佐藤春夫

殉情詩集 抄

水辺月夜の歌

せつなき恋をするゆゑに
月かげさむく身にぞ沁む
もののあはれを知るゆゑに
水のひかりぞなげかるる
身をうたかたとおもふとも
うたかたならじわが思ひ
げにいやしかるわれながら
うれひは清し、君ゆゑに

断章

さまよひくれば秋ぐさの
一つのこりて咲きにけり
おもかげ見えてなつかしく
手《た》折《を》ればくるし、花ちりぬ

少年の日(1)

野ゆき山ゆき海辺ゆき
真ひるの丘べ花を敷《し》き
つぶら瞳の君ゆゑに

うれひは青し空よりも

佐藤春夫（一八九二～一九六四）は癖の多い文人であり、たんに「殉情」の詩人ではなかった。『殉情詩集』の出版は大正一〇年で、このとき詩人は数え齢で三〇歳、当時の通念ではもはや青年ではなかったのである。「自序」に言う。「われ幼少より詩歌を愛誦し、自ら始めてこれが作を試みしは十六歳の時なりしと覚ゆ。いま早くも十五年の昔となりぬ」。一六というのも数え齢で、いまでいうと一四、五歳だ。つまりここに掲げた詩篇は明治の四〇年代に作られたものと推定される。大正一〇年の詩壇にあっては、リズムといい措辞といい、とうてい同時代詩ではなかった。「われは古風なる笛をとり出でていま路のべに来り哀歌《かなしみうた》す」とあるのはそのためである。

だからこれらの詩篇は本来、泣菫・有明・白秋らの恋唄にまじって立ち現われるべきだった。ところが時代錯誤ともいわるべきこの『殉情詩集』は歴史に残った。理由は明白である。似たような詩趣の恋唄を明治の詩人は山ほども作ったが、ここまで清新な声調を帯びたことはなかったのである。「うれひは清し、君ゆゑに」とうたい、「手折ればくるし、花ちりぬ」と嘆き、「野ゆき山ゆき海辺ゆき」とたたみかけ、「うれひは青し空よりも」と締める。まさに金無垢の「殉情」で、天稟の才というしかなかった。

民俗学的国文学者折口信夫、歌人名をいうと釈迢空は、大正一四年に歌集『海やまのあひだ』を出した。その中の「葛の花踏みしだかれて色あたらしこの山道を行きし人あり」は万人の知るところだが、なにか春夫の情趣にかようところがあるような気がする。春夫は熊野新宮町の生まれ、信夫に熊野に対する格別の思いがあったのは周知のことだ。

漂泊者の歌

萩原朔太郎

日は断崖の上に登り
憂ひは陸橋の下を低く歩めり。
無限に遠き空の彼方
続ける鉄路の柵の背後《うしろ》に
一つの寂しき影は漂ふ。

ああ汝　漂泊者！
過去より来りて未来を過ぎ
久遠の郷愁を追ひ行くもの。
いかなれば蹌爾《さうじ》として

時計の如くに憂ひ歩むぞ。
石もて蛇を殺すごとく
一つの輪廻を断絶して
意志なき寂寥を蹈み切れかし。

ああ汝　寂寥の人
悲しき落日の坂を登りて
意志なき断崖を漂泊《さまよ》ひ行けど
いづこに家郷はあらざるべし。
汝の家郷は有らざるべし！

朔太郎（一八八六〜一九四二）の作品からひとつ選ぶのはほんとう

に難しかった。というのは、彼の詩集を革命的たらしめたのが『月に吠える』（大正六年）『青猫』（大正一二年）であったのは明らかだが、この二冊の詩集に盛られた作品は、明治以来の、いや古今集以来の伝統的詩美に対して、異化作用そのものとして存在していて、この二冊で日本近代詩は変革されたのだなとはわかるものの、私のお古い感覚でしんからいいなあと思えるものにはなかなか出会えぬのである。

べつに日本近代詩の歴史を書こうというのではないから、朔太郎から採らなくてもよいようなものだが、それではあまりにも非礼であろう。日本近代詩の形を定めた人は二人しかいなくて、それは藤村と朔太郎である。つまり日本近代における詩は藤村に始まり、朔太郎で革命的に変って今日に及んでいるのだ。達治や中也ばかりではない。現代詩全体が彼の行った転換から出て来た。

朔太郎は、『純情小曲集』（大正一四年）に収めた『郷土望景詩』の諸篇から文語に回帰し、『氷島』（昭和九年）に至って漢語を多用してストレートな嘆きをぶっつけるようになった。この辺になると私の古い感性は同調《シンクロ》できるので、その一篇をここに掲出する結果となった。といって私はこの詩を、そんなに出来のよいものと思っているのではない。冒頭の二行が若いときから好きだったというだけのことなのである。朔太郎はこんな詩句をもっと多く作ってくれたらよかった。この詩は四連から成っているのだが、第三連は省いた。

親友の室生犀星の伝えるところでは、朔太郎の二番目の妻は「萩原ほどいい人はいないが、何分人物にぐにゃぐにゃなところがあって、頼りにならないから別れた」と彼に語ったそうだ。しかし犀星は言う、二人の嫁さんと、格別奮闘努力もせずに簡単に別れたというのは並の男にはできぬことで、彼のぐにゃぐにゃがいかに大したものだったか示していると。でも実は、二人の妻があっさり別れてくれたのは、朔太郎の母が特別意地悪な婆さまだったからなのだ。この婆さまは息子の朔太郎だけを後生大事にかわいがった。朔太郎の娘葉子は父が気が弱く馬鹿正直で、迷惑な来客を断ることも出来なかったと回想している。また死んだあと、父が鍵までかけて大事にしていた品々が、安っぽい幼児の喜ぶようなガラクタであるのをその目で見たとき、「唖然として立ちすくみ」、そして「父の姿を目《ま》のあたりに見たように思い」、激しく泣いたと書いている。

そういう朔太郎の人柄に私はひかれる。彼の一生をもっと知りたいと思う。さらには彼の詩論やエッセイをもう一度ちゃんと読まねばならぬと思う。しかしそれは、私がもう少し生きて居ればの話だ。

蛙の死

萩原朔太郎

蛙が殺された
子供がまあるくなつて手をあげた
みんないつしよに
かわゆらしい
血だらけの手をあげた
月が出た
丘の上に人が立つてゐる
帽子の下に顔がある

『月に吠える』からようやくこの一篇を得た。その不思議な感触といったら忘れられない。天才のみ発想しうる作品であるのは、一見して明らかだ。

子どもたちが蛙を殺して、手を血に染めた。よくある子ども特有の残酷である。しかしまあるくなって、その血だらけの手を挙げている姿はふつうではない。それが「かわゆらしい」というのも特異なとらえかたである。しかもその姿は月に照らされている。実に鮮明な図像が浮び上る。何の象徴であるのか。悪魔的な美だなどとは言うまい。それは大正デカダンスの常套句にすぎないからだ。何かが無邪気に啓示されていて、「かわゆらし」くおそろしいのである。

しかも丘の上に立って、それを見ている者がいる。帽子の下に顔があるのは当り前で、なければお化けだが、そう表現されると、その顔が深く翳った顔であることが心に刻まれる。これが誰であるか、解釈は無用だろう。ただ、かわゆらしくおそろしい光景を見届けている者がいて、その人も月光を浴びつつ顔は翳っているのだ。

これは完全に絵になる風景で、それも黒白のエッチングであってほしい。この版画の奥には、人間が歩んで来た、そしてこれからも歩んでゆくに違いない長い道のりが隠れている。

澄江堂遺珠　抄

芥川龍之介

戯れに

汝《な》と住むべくは下町の
水《み》どろは青き溝づたひ
汝が洗湯《あらひゆ》の往き来には
昼もなきづる蚊を聞かん

相聞

また立ちかへる水無月《みなづき》の
歎きを誰にかたるべき
沙羅のみづ枝に花さけば
かなしき人の目ぞ見ゆる

龍之介（一八九二〜一九二七）は事象のリアリティをなまなましく表現する直接性において、志賀直哉にかなわぬという劣等感を持ち、大正末期から昭和初期にかけて勃興したプロレタリアート、その代表者たる左翼インテリに対しても、ほろびゆく階級という負の意識をもっていた。両方とも要らざることであって、龍之介には何はばかることなない芸術的存在基盤があったのである。ただその基盤にはつとに吉本隆明が指摘したように、根は下町の江戸庶民であるのに、表現は西欧の衣裳を纏わねばならぬ亀裂が走っていた。『戯れに』は江戸庶民の生活感情のみごとな表出である。だが彼はついに荷風のようには、そこに安息を見出せなかったであろう。とすれば、ここに表出されたのもひとつのユートピアなのである。この四行は私にとってもユートピアで、私は心屈すれば、わが好む人と巷に隠れ住み、書《ふみ》などを読み暮す日を妄想するのだった。

『相聞』は無条件に美しい。沙羅とは夏椿のことである。六月に咲くその白い花は格別の品格を示す。水無月に何があったのか、悲しき人とは誰かと問えば、これが恋唄であるのは明らかだ。それが還らぬ恋であるのも一読瞭然。しかも恋を超えて、喪れたものへの根源的な郷愁をかき立てるのが、この短唱のかぎりなく美しいところだ。喪れたくせに、そいつは立ち還ってくる癖の悪い奴だ。だがこの癖の悪さがまた甘美で、こんなふうに巧みに唱われたらどうしようもない。

芥川に詩才があったのはもちろんで、相当才能のある詩人でもこんな完璧な四行詩はそうそう書けるものではない。かといって専門的に長い詩を書いても、彼は第一流とはいかなかっただろう。でもこの二篇は永遠のメロディのように私のうちに棲みついて来た。大詩人のどんな名詩よりも好きなのだから仕方がない。

愛あるところに

室生犀星

わたしは何を得ることであらう
わたしは必らず愛を得るであらう
その白いむねをつかんで
わたしは永い間語るであらう
どんなに永い間寂しかったといふことを
しづかに物語り感動するであらう

室生犀星（一八八九～一九六二）は「ふるさとは遠きにありて思ふもの／そして悲しくうたふもの／よしや／うらぶれて異土の乞食《かたゐ》となるとても／帰るところにあるまじや」という有名な詩を含む『抒情小曲集』で知られているだろう。『抒情小曲集』は萩原朔太郎と創刊した『感情』の第二、第三号（大正五年）にのせられ、詩集となって出たのは『愛の詩集』（大正七年）のあとである。

『愛の詩集』はものやわらかい情感のこもった『抒情小曲集』よりずっと観念的になっている。というのは犀星がとらわれていたのはもはや抒情ではなく、ドストエフスキイばりの人類的な愛と苦悩だったからで、集中にはドストエフスキイを直接うたったものも含まれている。

ここに掲出した短章に言う「愛」とは、「白いむね」とあるからには、むろんしかるべき女性を思い浮べてはいるのだろうが、「必らず得る」とされている愛はたんに色恋ではなく、それを超えたものにちがいない。でないと「どんなに永い間寂しかった」か訴えて「感動する」など、到底できぬ相談である。このような心の融合をいっときのものとしてではなく訴求するとき、ひとは必ず失望するだろう。それは経験が教えてやまぬところであるのに「必らず得るであらう」と詩人はうたう。これはすでに願望ではなく意志である。この意志は酬われるか否かを問うていない。ただそう意志するのみだと詩人は言う。この白熱した鎮静をひとはどこまで持続できようか。これはもはや哲学の問題ではなく、実践の問題である。

私が犀星の数ある作品からこれを選んだのは、ひとつには、ここに中野重治の初期の詩の声調を認めるからだ。中野は四高時代この詩人に傾倒し、金沢の彼の自宅を訪うた。大正一二年一二月のことであった。

春

安西《あんざい》冬衛

てふてふが一匹韃靼海峡を渡って行った

　春山行夫、北園克衛、丸山薫といった昭和初期のモダニストの詩には、ついぞ親しむ折がなかった。そういう詩の運動があることは中学三、四年の時には承知していたが、当時は泣菫・有明、くだっても白秋・啄木らで心が一杯だったから、そういうモダニズムに詩的陶酔をおぼえることはなかったのである。しかしただひとつ、この安西の一行詩は鮮烈に心に刻印された。

ひとつは彼が私の住んでいる大連で、この詩を書いたということもあっただろう。安西冬衛（一八九八～一九六五）は大正八年から昭和八年まで大連に住み、昭和四年に詩集『軍艦茉莉』を出した。『春』はその中の一篇である。私が北京から大連へ移ったのは昭和一五年だったが、自由港大連のもっともよき時代はもう何年か前に終ったと人に聞いた。冬衛はそのもっともよき時代を知っていた訳である。彼はこの街で「空間の美をはげしく識」ったと述べている。

「てふてふ」は「ちょうちょう」の旧仮名表記。この一行詩の中核は「韃靼海峡」の四文字にある。この怪異な異郷感あるゆえに、それを渡りゆく蝶ははろばろとした悠久の思いをかき立てる。大学の国文学研究者というのはご苦労な人種で、あるアンソロジーで、蝶とは大連へ渡る日本人のことだろうなどと解説しておいでだった。韃靼海峡とは間宮海峡のことだ。つまり英語では、間宮海峡はタタール海峡なのである。そこを渡れば向うは沿海州だ。大連へ来るのに、どうして間宮海峡を渡らねばならぬ。しかし、そういうことよりも、そんなふうに何か現実にこじつけねば詩の読みができない習慣がおそろしい。

海峡を渡るとはけなげな蝶だというのも、余計な「鑑賞」。間宮海峡なんて、何の苦もなく渡るさ。はるばるフィリピンからでも日本へやってくる蝶だもの。一九世紀初めまで樺太は大陸につながっていると思われていた。それほど狭い水路なのである。

この詩はただ、はろばろとした思いを味わえばよい。蝶が渡る先の荒漠たる北の大地を想えばよい。その大地にも春は来ているのだ。それに軍艦茉莉なんて素敵じゃないか。そんな名の軍艦があれば、水兵として乗務してもいいと少年の私は思った。

わかれ

中野重治

あなたは黒髪をむすんで
やさしい日本のきものを着ていた
あなたはわたしの膝の上に
その大きな眼を花のようにひらき
またしずかに閉じた

あなたのやさしいからだを
わたしは両手に高くさしあげた
あなたはあなたのからだの悲しい重量を知っていますか
それはわたしの両手をつたって

したたりのようにひびいて来たのです
両手をさしのべ眼をつむって
わたしはその沁みてゆくのを聞いていたのです
したたりのように沁みて行くのを

中野（一九〇二～一九七九）は四高時代、室生犀星の影響の下に詩を書き始めた。この『わかれ』と題する一篇でも犀星の語調が残ってはいるが、とにかく美しい恋唄だと思う。大正も終り頃になって日本の恋愛詩はようやく、美辞麗句のロマンティシズムを抜けて、このような平明なたおやかさに達した。しかし中野らしいのは、決して大正ハイカラ調ではなく、むしろ伝統的な相聞の美を保っている点だ。「悲しい重量」の句を含む第二連第三行はこの詩の美しいアーチをなしており、これなしには詩篇は崩壊する。

中野は東京帝大に進んでマルクシストとなり、『夜明け前のさよなら』、「お前は赤まんまの花やとんぼの羽根を歌うな」で知られる『歌』、『雨の降る品川駅』などの詩篇によって、ともすればスローガン化し蕪雑になりがちなプロレタリア詩の水準を芸術のレベルまで高めたとされる。しかし、そのような彼の政治的含意の濃い詩よりも、それ以前の若々しい哀傷を叙した数々の詩篇の中にこそ、この詩人の真の才能が見出される。それらはほとんど、どれをとっても本当によいものばかりである。

豪傑

中野重治

むかし豪傑というものがいた
彼は書物をよみ
嘘をつかず
みなりを気にせず
わざを磨くために飯を食わなかった
後指《うしろゆび》をさされると腹を切った
恥しい心が生じると腹を切った
かいしゃくは友達にして貰った
彼は銭をためる代りに溜めなかった
つらいという代りに敵を殺した

恩を感じると腹のなかにたたんで置いて
あとでその人のために敵を殺した
いくらでも殺した
それからおのれも死んだ
生きのびたものはみな白髪になった
白髪はまっ白であった
しわが深く眉毛がながく
そして声がまだ遠くまで聞えた
彼は心を鍛えるために自分の心臓をふいごにした
そして種族の重いひき臼をしずかにまわした
重いひき臼をしずかにまわし
そしてやがて死んだ
そして人は　死んだ豪傑を　天の星から見分けることが出来なかった

この詩を一〇代から好きだった。私は嘘をつき、みなりを気にし、腹を切るなど大嫌いな人間だったのに、なぜこれが好きだったのか。きっと、わが身が恥じられたからだろう。マルクス主義というのは、こういう「封建的」人間像の批判をとっくに経過して成立したものだ。そんな人間像はすでに近世ヒューマニズムによって克服ずみであった。私がこの詩を好んだのは、人間というものが近代ヒューマニストだろうと、マルクシストだろうと、あるいはポストモダニストだろうと、倫理という背骨なしに生きられぬ生物だからであろう。そもそもこの詩を書いた中野自身がそうだったはずである。もちろんこの豪傑氏の倫理には採用しかねるものも多々ある。しかし、少なくとも少年の私を粛然たらしめるだけのものはあった。むろんこの詩の「倫理」が生きているのは、中野の精妙な言葉遣いのせいなのである。

岩手山

宮澤賢治

そらの散乱反射のなかに
古ぼけて黒くえぐるもの
ひしめく微塵の深みの底に
きたなくしろく澱むもの

⁂

賢治（一八九六〜一九三三）の詩には長いものが多く、むろんそれぞれに秀れていて、どれか選べといわれても困ってしまう。私は一九四九年五月、一八歳で結核療養所にはいったが、そのとき出会ったのが賢治の詩である。創元選書の一冊だった。『風の又三郎』が映画になったのは私が小学生のときだから、童話作家としてはもちろんその名は知っていたのだ。しかし彼の詩に接するのは初めてで、たちまち魅了された。療養所のまわりには美しい森があり、郊外電車も走っていて、ちょいとイーハトーヴォふうであったから、賢治はまず風景として私の中にはいってきたようだ。

翌年、何人かの仲間と『樹氷』という回覧雑誌を作って、私は初期の中野重治の断章ふうなエッセイを真似たスタイルの原稿を出したが、その中でこの『岩手山』について、論じたというほどではないが触れた。

「詩にしろ、童話にしろ、賢治の作品は私に資質という言葉の意味について考えさせる。そして資質というものは、人がそれに直面すると黙ってひきかえす外はないといった風なものだ。それは精神そのものの質の高さにかかわる。『そらの散乱反射のなかに／古ぼけて黒くえぐるもの』。こういう形象は彼の精神そのものに属しているのであって、つまりこの二行に岩手山をつかむような、彼の独自な精神の触手にはなれがたく結びついているのであって、ここでは全くエピゴーネンの入りこむ余地はない」。

天才にはかないませんと脱帽しているわけで、自分に才能がないことだけはわかっていたらしい。青春のかたみというのじゃないが、そういう訳でこの詩を選んだ。だが賢治の詩で一番心にひびいたのは「いかりのにがさまた青さ／四月の気層のひかりの底を／唾《つばき》し、はぎしりゆききする／おれはひとりの修羅なのだ」の四行だった。しかしそれを含む『春と修羅』はいまさら掲げるには有名すぎるし、このアンソロジーの趣旨からしてちょっと長い。ただしその四行は老境も窮まったいまでもなお、胸に鳴っている。若き日に刷りこまれた感情は消えないのだ。

賢治についてある詩人がきれいごとだと片づけているのを読んだことがある。その人によると、小遣いがほしくて大事なものを質に入れにゆくといったことが、生きるという現実で、それを離れて銀河だの宇宙だのと言うのは子どもだというのだ。まったく日本的な文芸観で、こういう私小説的なリアリズムに執するのは今どき珍しい。日本的と言っても、大正から昭和の初めにかけて形成された文芸観で、人間というのは世俗のなかでのたうつただの生きものだというまことに率直無比、ある意味では徹底した見方なのである。

今日では逆にこういう文芸観が撃滅され、文学とは面白おかしいお噺なんですよというのが主流になっている。賢治は生活リアリズムでもないし、オモシロ文学でもないし、要するに銀河や宇宙にじかに繋がってしまう垂直の感覚は、日本文学では孤立するしかないのかも知れない。だが実は世界文学の初まりから、それこそが文学の第一要件だったのだ。質屋通いに集約されるような現実は、その垂直な感覚の中で照り返されて文学となる。そう信じる私は、日本の文学界では軽蔑すべき永遠の素人であるらしい。

曠野の歌

伊東静雄

わが死せむ美しき日のために
連嶺の夢想よ！　汝《な》が白雪を
消さずあれ
息ぐるしい稀薄のこれの曠野に
ひと知れぬ泉をすぎ
非時《ときじく》の木の実熟《う》るる
隠れたる場しよを過ぎ
われの播種《ま》く花のしるし
近づく日わが屍骸《なきがら》を曳かむ馬を
この道標《しめ》はいざなひ還さむ

あゝかくてわが永久《とは》の帰郷を
高貴なる汝《な》が白き光見送り
木の実照り　泉はわらひ……
わが痛き夢よこの時ぞ遂に
休らはむもの！

＊

『四季』派の一員としての伊東静雄（一九〇六〜一九五三）の名は早くから一応承知していたけれど、その詩に心動かされるようになったのは、『水俣病を告発する会』などというものを結成して、騒動していた七〇年代の初頭だった。もう四〇歳になっていた。一冊本の『全集』も持っていたが、貧乏している間に売ってしまって手許にはない。その後創元選書版の『伊東静雄詩集』を古本屋で入手して、いまも大切にしている。背表紙はくろずみ、用紙もお粗末だが、この選書は装幀がよろしくて、いつぞやあなたの愛蔵書はとさる新聞社から尋ねられて、この一冊を挙げたことがある。

この詩について注釈はいらない。厚生省の一室やチッソ本社を占拠したりするのと、この詩を人知れず口ずさむこととは、私のうちではひとつも矛盾していなかったとだけ言っておこう。

私は大連で過した最後の冬、焚くべき石炭のひとかけらもなく零下十数度に下る冬に、堀辰雄の『風立ちぬ』と出会い、これこそ自分がずっと求めていた文学だと悟った。ついでに言うと、これは昭和一〇年代に新潮社が出していた新進作家シリーズの一冊で、愛すべき岡本かの子とも、私はこのシリーズで出会った。辰雄にいかれた私は静雄にもいかれる運命だったのである。ヘルダーリンとノヴァーリスは少年の私の導きの星で、そういう日本には乏しい伝統を担う人と、私は静雄のことを考えた。

静雄は戦前は旧制中学、戦後は新制高校の教師をずっとしていて、戦後はとくに隠者のような心持ちで詩を書き続けていたらしい。平明な口語体の詩だった。そういう生涯の過しかたも私には憧れだった。さらにこの人は昭和二四年六月に結核を発病し、一〇月に国立病院に入院している。私は昭和二三年の夏発病し、翌年五月療養所へ入った。私は昭和二八年の秋退所できたが、この人はその年の三月死んだ。彼のサナトリウム暮しは私のそれと重なっていたのだ。

『曠野の歌』を収めた第一詩集『わがひとに与ふる哀歌』が一九三五年（昭和一〇年）に出版されたとき、萩原朔太郎はこれを「美しい恋歌」と激賞した。ところが杉本秀太郎は「わがひと」とは女人ではなく、作者静雄の「私」の「半身」であると指摘し、この詩集が「私」と「私の半身」の対話であることを論証した。杉本の所説を私は岩波文庫版『伊東静雄詩集』の解説で知り、杉本が筑摩書房『近代日本詩人選』の一冊『伊東静雄』で、より詳細に自説を述べているのも読んだ。これは静雄研究にとって重大な進展だが、私はそんなふうに静雄を研究しようというのではない。ただ彼の遺した詩句に心を照らされていればよかった。最愛の詩人というべき人は、他になかったからである。

野分に寄す

伊東静雄

野《の》分《わき》の夜《よ》半《は》こそ愉《たの》しけれ。そは懐しく寂しきゆふぐれの
つかれごころに早く寝入りしひとの眠を、
空しく明るくみづ色の朝《あした》につづかせぬため
木々の歓声とすべての窓の性急なる叩《のつく》もてよび覚ます。

真《しん》に独りなるひとは自然の大いなる聯関のうちに
恒《つね》に覚めゐむ事を希《ねが》ふ。窓を透《す》かし眸《ひとみ》は大《おほ》海《うみ》の彼《か》方《なた》を得望まねど、
わが屋《や》を揺するこの疾《はや》風《て》ぞ雲ふき散りし星空の下《もと》、
まつ暗き海の面《おもて》に怒れる浪を上げて来し。

柳は狂ひし女のごとく逆《さかし》まにわが毛髪を振りみだし、
摘まざるままに腐りたる葡萄の実はわが眠目覚むるまへに
ことごとく地に叩きつけられけむ。
篠懸《すずかけ》の葉は翼撃《つばさ》たれし鳥に似て次々に黒く縺《もつ》れて滾はれゆく。

いま如何《いか》ならんかの暗き庭隅《にはすみ》の菊や薔薇《さうび》や。されどわれ
汝らを憐まんとはせじ。
物皆《ものみな》の凋落の季節《とき》をえらびて咲き出でし
あはれ汝らが矜高《ほこり》かる心には暴風《あらし》もなどか今さらに悲しからむ。

こころ賑はしきかな。ふとうち見たる室内の
燈《ともしび》にひかる鏡の面《おもて》にいきいきとわが双《さう》の眼燃《まなこ》ゆ。
野分よさらば駆けゆけ。目とむれば草紅葉《くさもみぢ》すとひとは言へど、
野はいま一色《ひといろ》に物悲しくも蒼褪《あをざ》めし彼方《かなた》ぞ。

この詩についても言うことは何もない。ただ低唱して、この傑作を体験すればよいのだ。「真に独りなるひとは自然の大いなる聯関のうちに／恒に覚めゐむ事を希ふ」。この二行を私はずっと、座右銘のように思って生きてきた。最終連の最後の二行には、日本近代文語詩の最後の輝きが認められる。静雄において、「美しき空虚」がついに思想的表現を獲得したことをわれわれは知る。この詩は第二詩集『夏花』(昭和一五年刊)に収められた。

流民詩集 抄

小熊秀雄

馬車の出発の歌

仮りに暗黒が
永遠に地球をとらへてゐようとも
権利はいつも
目覚めてゐるだらう
薔薇は暗の中で
まつくろに見えるだけだ
もし陽がいつぺんに射したら
薔薇色であつたことを証明するだらう

嘆きと苦しみは我々のもので
あの人々のものではない
まして喜びや感動がどうして
あの人々のものといへるだらう
私は暗黒を知つてゐるから
その向ふに明るみの
あることも信じてゐる
君よ、拳を打ちつけて
火を求めるやうな努力にさへも
大きな意義をかんじてくれ

暁の牝鶏

なんといふ素晴らしい

沈鬱な暗い夜明けだらう
これでいゝのだ
暁はかならず
あかく美しいとはかぎらない
馬鹿な奴等は、まだ寝てゐるだらう
りかうな奴等も寝てゐるだらう
どっちも寝てゐるだらう
ただ我々だけが
誰にも頼まれもしないのに
夜っぴて眼をあけて
くるしんでゐるのだ
可哀さうだとは思はないか
歴史の発展の途上に
眠れない男たちを
——可哀さうだと思はない

それは御随意だ
おお、鶏どもよ
お前ももう起きたのか
羽虫を羽からほふり落して
早く歩きまはり
コツコツと足を鳴らして
暁から活動し給へ
塔を守る鐘楼守のやうに

白樺の樹の幹を巡った頃

誰かいま私に泣けといった
白樺の樹の下で
幼い心が幹の根元を

三度巡ったときからそれを覚えた
草原には牛や小羊が
雲のやうに身をより添はして
いつも忙がしく柵を出たり入ったりしてゐたのに
私の小屋の扉は
いちにちぢゅう閉られたきりで
父親も母親も帰ってこなかった
夕焼は小羊達を美しいカーテンで
飾るやうにして小屋の中に追ひやったのに
ランプもついてゐない私の小屋の
恐ろしいくらやみが幼ない私を迎へた
百姓の暮らしの
孤独の中に放されてゐる子供は
樺の樹の幹を巡ることに
孤独を憎む悲しみの数を重ねた

いまでも愛とはすべてのものが
小羊のやうに
寄り添ふことではないのかと思つてゐる
いまでも人間とは小羊のやうに
体の温かいものではないかと思つてゐる
大人になつても泣けるといふことは
みな昔樺の幹を巡つたせいだ

❦

小熊秀雄（一九〇一～一九四〇）は北海道小樽に生まれ複雑な家庭事情もあつて、高等小学校卒後はいろんな労働を経験した上で新聞記者となつた。上京してプロレタリア文学運動に参加したが、運動がすでに退潮を示すなかで猛然と詩を多産し、二冊の詩集を出したのち、昭和一五年に窮死した。敗戦後昭和二二年、中野重治が遺作を『流民詩集』の名で出版した。ここに掲出した三篇はこの詩集から採った。つまり運動は完全に崩壊し、日本軍国主義が中国との泥沼のような戦争へひきずりこまれる暗い日々にあって、これらの詩は書かれたのである。

プロレタリア詩運動の中で、彼は特異な詩人だった。快活多弁であろうと努め、自分を「革命の御用詩人」とはばかりなく呼びながら、彼ほど「プロレタリア詩」の型にはまった政治性から自由な詩人はいなかった。中野重治に対してさえ「裾の乱れを気にばかりせず／気宇闊達の／小説を書き給へ。……／棒鱈のやうに突張らずに／田作《ごまめ》の様にコチコチにならずに／少しは思想奔放症でやり給へ」と、辛辣なからかいを飛ばした。才能のあること無類で、もしもプロレタリア詩運動なるものが一人の詩人を産んだとすれば、その名は小熊秀雄以外ではあるまいと私は信じている。詩集『飛ぶ橇』に収められた長篇詩もすばらしい。みなこれからの読解を待っている。『空の脱走者』にはすでに「ソビエットの苦痛は／黒パンの量や　強制労働や／隊の規律にあるのではない／もっとふかい人間的な処にある」という句が見られるのである。

『流民詩集』には「政治は私の恋人であった」という注目すべき一篇があり、「あんなに政治を可愛がったのに／みんなはこんなに邪険にしてゐる／私はいまもそのことで夜更けまで考へてゐる」と始まる。プロレタリア文学運動敗北後の非政治主義的な風潮を前にしての詩句であるのはいうまでもない。小熊は「現実のものとして私はお前に失恋し」たとうたっている。だとすると彼はもはや、「政治」を安んじて信奉しているのではない。にも関らず、「私はたった一言でも／人生を肯くことができるのは／みな政治の訓練が私をさうした」とうたわずにおれぬのは、惰性や負け惜みではなく、彼の正当な自己認識だったと思う。「政治の訓練」はその後どうあるべきなのか。そういう今日にも通じる問題の前に立っていたのが小熊なのである。この詩人を私は若いころから好きだったが、これほど力量のある詩人とは知らなかった。時間さえあればもっと全貌をつかみたい。

『馬車の出発の歌』は冒頭四行がすばらしい。「我々」と「あの人々」とは、当時の小熊の意識ではプロレタリアとブルジョワジー、民衆と権力者ということだろうが、こういう明白な区別ないし対立を想定することがむずかしくなった今日でも、冒頭四行の力は失われていないと思う。この詩は後半も悪くはないが省いた。この詩の声調に伊東静雄に通じるものがあるのは興味深い。

『暁の牝鶏』は我々だけが頼まれもせぬのに目をあけて苦しんでいるという詩句が、はたちすぎたばかりの私の心に焼きついていたという、個人的因縁から採った。その頃、本当にそんな気分でいたのだが、むしろんそれは思い上りと隣接していたものの、今となってはやむをえない青春の感傷として、許してもらいたい気がする。これも後半は省いた。

『白樺の樹の幹を巡った頃』は文句なしにいい詩で、注釈は無用だと思う。ただほんとうにいいのは最初の四行で、これがあるから全篇がもったのである。

草の実

永瀬清子

私はとげのある小さい草の実だったから
人の袖にとりつくほか何もできなかった
けれどその人も野をゆくさびしい旅人だったので
しばらく私を運んだが
やがて私を落とした

私は途方にくれたがそのさびしさをまぎらそうと
小さな私の詩を書いた
私は今　これらの事がはじめから
大きな何者かの計画どおりだったと知り

わが悲しみをもすこしなぐさめた
翌年の春　くさむらの中に
同じとげのある草が芽ぶいていたので
私は私の詩のためにすこしほゝえんだ
そして思う
悲しみと詩とほんとはどちらがあるじかと――

＊

永瀬清子（一九〇六～一九九五）は昭和一五年刊行の『諸国の天女』によって世に知られた詩人であるが、晩年は郷里岡山市に棲み、自ら主宰した『黄薔薇』、吉本隆明の『試行』などに詩や短章を発表した。私がこの詩人を知ったのは、石牟礼道子宛に『黄薔薇』や『短章集』が贈られてくるのを拾い読みすることによってだった。『短章集4　彩の雲』の見返しには「お目にかかりたき石牟礼道子様」と献辞が書かれている。彼女が石牟礼に会うことはついになかった。

「すべて丁度いい言葉のみつからない事は悪だ。その沈黙は女にあっては屈服であり、おとこにとってはへつらいである。／他には理解されぬ内心を、自分の正しい感覚を、云えなければ悪だ。／語りつくしておくことこそ詩歌の本当の戦いなのである」と彼女は『短章集4』でうたう。ここに抽《ぬ》いた詩篇『草の実』はこういう彼女の覚悟に別な表現を与えたものであるだろう。「大きな何者か」を間違っても神などと思わないでもらいたい。これは人類の歩んだ、もしくは歩まされた途を言うのである。歩ませたのは誰かと問うても答はない。ただそれを引き受けると詩人はうたっているのだ。この詩は詩人鳥飼ゆり子が作った小冊子『永瀬清子の詩のこころそして詩』(一九九四年刊)から採った。

彼女の最後の詩集『春になればうぐいすと同じに』は没後一九九五

年に刊行された。落着いて地味な、よい詩ばかりである。集中には父母を始め有縁の人々にまつわる思い出も多く、さながら日本近代史の一齣一齣をめくる思いがする。『春の夜のしなさだめ』には、娘たちが親類の叔母さんたちの品定めをして、T叔母が一番美人と定まったとき、黙って聞いていた父が「Tはシワがあるよ。でもうちの八《やあ》だけは嫁に来た時と今もちっとも変らんねえ」とまじめに発言したので、「娘たちはあっけにとられ……ついに一斉にふき出し……ぶったおれた」とある。「八《やあ》」、つまり清子の母はこのとき五〇代だった。

このようにのどかに歌うだけではない。決然としたところがこの人の持ち味で、詩についても「一升枡で米や麦を量るのに、一升あればよいのではない／うんと山盛りにしておいて水平にスキッとはらう／それは詩の方法でもある／事実に正しくとだけ願っていては米は量れない／山盛りをみて人はオーバーだとか虚妄だとかそしる／その盛り過ぎなしに詩がまちがいなく本心をとどける事は困難である」と言い切る（『短章集3　焰に薪を』）。

この偏ったアンソロジーを編むことがなかったら、私は彼女の詩業とちゃんと向き合うことはなかったろう。と言っても彼女の詩のほんの一部を読んだだけなのだ。もう時間がない。思えばすぐれた人のすぐれた仕事を知ろうともせず、横着に生きてきたものよ。

この稿を草した直後、行きつけの舒文堂河島書店で、彼女の『短章集』を二巻入手し、これで全四巻揃った。万歳！

齋藤 史《ふみ》 歌文集 抄

暴力のかくうつくしき世に住みてひねもすうたふわが子守うた

濁流だ濁流だと叫び流れゆく末は泥土か夜明けか知らぬ

春を断《き》る白い弾道に飛び乗つて手など振つたがつひにかへらぬ

額《ぬか》の真中に弾丸《たま》をうけたるおもかげの起居《たちゐ》に憑きて夏のおどろや

♛

かごめかごめ屈《かご》めと言はれ育ち来し籠の輪の中　狭し　島国

わが神の罠の美美しさにまなくらみたふれし森に虹たちにけり

遠い春湖《うみ》に沈みしみづからに祭の笛を吹いて逢ひにゆく

南風に髪そよがせていつの日か必ずかへる野に水も湧け

垂れ下る空に圧されて一日づつわが沈みゆく地下よ深かれ

曼珠沙華葉を纏ふなく朽ちはてぬ　咲くとはいのち曝《さら》しきること

夜を光る月夜《つきよ》茸《だけ》にしきり逢ひたくてむささびどもは出《い》でてゆくらむ

月　神のごとく昇るにあやまちて声もらしたる森のかなかな

ある日より現神《あきつかみ》は人間《ひと》となりたまひ年号長く長く続ける昭和

みづからの神を捨てたる君主にてすこし猫背の老人なりき

あけがたのわが夢のなか轟然と過去へ驀進しゆきしD51《でごいち》

何ものに会釈をされて夜の辻　猫族　鬼族　また風の族

まだ落ちてゆく凶凶《まが》しき空間のあるといふことがわれの明日《あした》ぞ

齋藤史（一九〇九〜二〇〇二）の名は、齋藤瀏《りゅう》の御嬢さんということで知ってはいた。瀏は二・二六事件に連座して下獄した陸軍少将であり、歌人として戦前より著名だったから、名は少年の時からよく承知していたのである。だが史さんの歌と接したのは、二・二六事件について調べていたころで、それも彼女が、銃殺刑に処せられた栗原安秀中尉と幼な友達だったことが印象に残っただけで、それをきっかけに彼女の歌業全体に興味を起すというふうにはならなかった。

栗原は事件を起した青年将校グループの中でも、直情径行の急進派で、「余万斛ノ怨ヲ呑ミ、怒リヲ含ンデ斃レタリ、我魂魄コノ地ニ止マリテ悪鬼羅刹トナリ我敵ヲ憑殺セント欲ス、余ハ虐殺セラレタリ」と遺書に書き残した人物である。史と幼な友達だったのは、ともに旭川第七師団の官舎で育ち、小学校も同級だったからで、たがいに「史《ふみ》公」「クリコ」と呼び合う仲だった。二人の家が東京へ移っても、家族ぐるみの親しい交際は事件直前まで続いていた。ここに掲出した第三首、第四首が栗原の刑死に関わるのはいうまでもない。

史さんの歌に関心が生じたのは、おそらく「暴力のかくうつくしき世に住みてひねもすうたふわが子守うた」という彼女の代表作のひとつを知ったからだろう。暴力と子守唄のこの美しい共鳴り。ひと言ではいえぬ経験を内包する歌である。そこで『齋藤史歌文集』（講談社文芸文庫・二〇〇一年）を買った。なにしろ関心を持つのがおそすぎた。私はもう七〇歳になっていたのだ。この人は私の母より七つ歳下で、いわば私の叔母のような歳頃である。まだ生きていらっしゃって、美しい白髪姿のとんでもなくモダンな婆さまの写真が集中に収められていた。

彼女の歌には一種の彼岸性があり、しかも歴史の同時代性を深く生きる感覚がある。私が好きになるはずなのである。「過去へ驀進」するＤ５１などとうたわれると、悲しい昭和の全歴史が一挙にうかびあがる思いがする。Ｄ５１が昭和が生んだ傑作蒸気機関車なのはいうまでもない。この人は遠い春、湖に沈めた自分に、祭の笛吹いて逢いにゆく人なのである。しかも、いつの日か南風に髪薫らせて必ず帰る野には、清冽な泉が湧かずにはいないというのだ。この「野」の含意の深さよ。「必ずかへる」と言うその意志のただならなさよ。

ちょうどその頃、熊大法学部の先生で、西洋思想史家であり俳人でもある岩岡中正さんの長女詩帆さんと知り合った。短歌を作っておられて、私が二〇〇一年雑誌『道標』を創刊すると、『ヤコブの梯子』と題するとてもいい連作を寄稿して下さった。石牟礼道子さんが入院なさったとき見舞いに来られて、その帰り途電停まで送った。緑色のかわいい靴を履いておられた。幸せな結婚をして子ももうけて、いまは東京で作歌を続けておられる。この人にたしか『齋藤史歌文集』を贈った。史さんのようないい歌詠みになってほしい。

たたかいの国

山田風太郎

新しき春の夜なりき、一月六日。
満天の白き銀河は霜を結べど、
大いなる都の路はあつき灯影と
遥かなる望みを胸にほの光らせつ、
うつつなる生くる痛みに口くいしばり、
波のごとゆきかう人に、
どよめきてありき、たたかいの国や。

北国へかよう門なる上野駅頭。
咲きほこる灯を白じろと濁し霞ます

とこしえに打ち寄せながる人の潮を、
夢と見て常磐線の改札口に、
胸ちぢに若きわれらは人待ちいしが、
そこはかとなき蕭殺の気は、
双頬なでぬ、たたかいの国や。

春の野の花吹きみだす噴火のごとく、
おお明治白雲なびく駿河台なる
歌声は雄たけびに似てかたえに湧きぬ。
胸つかれ頭《こうべ》をあげてかえりみすれば、
角帽の眉ひいでたる男《お》の子かこみて、
師や友のこぶし打ちふり、
勝てと泣く見ゆ、たたかいの国や。
音とどろ、音やとどろと打ち鳴り渡る。

戦鼓いま大和島根の浦うら覆い、
眼《まなこ》張り、ここやかしこと光透かせば、
人波のどよもす中をいと粛々と、
三条の、はた七条の蒼き影ひき、
大君の征旗なびきつ、
征旗なびきつ、たたかいの国や。

風蕭々、上野駅頭、風声さむく、
ますらおは一たび去ってまた還らず、
ひた急ぐ人びとすべて歩みをとどめ、
声のみて頭をたるる駅の一隅、
墨のあといとも哀しき英霊安置所。
灯は淡く、香煙蒼く、
白き遺骨《はこ》箱三つ、たたかいの国や。

山田風太郎（一九二二〜二〇〇一）の『戦中派虫けら日記』（未知谷・一九九四年）の昭和一八年一月六日の項より抽いた。風太郎はこのとき二一歳で沖電気に勤めていたが、同僚金子某の出征を上野駅に見送り、その日の日記にこの詩をしるした。日米開戦はいうまでもなく前々年の一二月八日である。

戦時中大量の詩が書かれたが、今日見るべきものはともしいとされる。風太郎は当時無名の青年であり、この詩も書かれてから五〇年以上篋底に秘められていたのだが、いわゆる「大東亜戦争」について書かれた最上の詩ではあるまいか。もちろん風太郎はこの戦争に勝ちたいと熱願していた。しかし、みだりに好戦愛国の辞を弄さず、「たたかいの国」の表情をこのように沈痛に写しとどめた。二一歳の青年として、おどろくべきことだと思う。風太郎は才能溢れんばかりで、詩人として立っても一流の地位を得ただろう。だが生来、冷静な観察者たる傾きがあって、ついに詩の領域には自足し得なかった。それにしても措辞の熟練巧妙は、これも二一歳の域を出ている。

今年は戦後七〇年とて、反戦平和の声がつねにましてかまびすしい。結構なことである。だがあの大戦を戦った日本人の気持ちがどういうものであったか、正直な声は少ない。この詩はその正直な声のひとつを今に伝えるものとして在る。「たたかいの国」というタイトルは私がつけた。原詩にタイトルはない。

毛沢東

谷川 雁

いなずまが愛している丘
夜明けのかめに

あおじろい水をくむ
そのかおは岩石のようだ

かれの背にになだれているもの
死刑場の雪の美しさ

きょうという日をみたし

熔岩のなやみをみたし

あすはまだ深みで鳴っているが
同志毛のみみはじっと垂れている

ひとつのこだまが投身する
村のかなしい人達のさけびが

そして老いぼれた木と縄が
かすかなあらしを汲みあげるとき

ひとすじの苦しい光のように
同志毛は立っている

谷川雁（一九二三〜一九九五）はある意味では天才的な笛吹きで、彼の暗喩を駆使した独特の革命論にある時期踊らされた青年たちは少なくない。だがこの人は昭和一〇年代のヴァレリ、ランボーの流行と結びついた、いわば、旧制高校的エリーティズムの権化ともいうべき知性の型に属する人で、その修辞もすぐれて古典的だった。

私が彼の詩からこれを採ったのは、イメージがいかにも深く美しく、雁の言葉を遣う才能がよく表れていると思うからだ。また古いアジア的な革命家の理想が底に流れているのを感じるからである。しかし、この美しいアジア的革命家の名が毛沢東であることは雁のどうしようもない錯誤を示す。毛沢東がいかなる人物であり、何をやったかが明らかな今日、この結びつきは滑稽というしかない。いや今日というより、雁がさかんに土着的革命のイメージを鼓吹していた一九六〇年代においてすら、毛を頂点に戴く中国共産党の正体はすでに明白だったのである。

雁はある意味で矛盾の塊りだった。深いところ、原始の妣がいるところへ降りて行け、身がよだちますかなどと唆しながら、自身は一度もそういうところへ降りて行ったことはなかった。この美しい詩に、「毛沢東」という表題が付けられているのも、才余って身の置きどころのない天才の悲喜劇というべきだろう。

日時計篇　より

吉本隆明

発　端

どんな発端にも理由がぶらさがつてゐる
だから喧嘩してみてもつまらない
ふたりで千代紙を折りませうと花子さんが言へば
太郎であるおれはそうするさ
太郎であるためにおれを戦争に連れてゆかうとしたつて
おれはゆくわけにはいかない
あらゆる人殺しには理由がない
国家は人類過途期の仮構体

資本制は人類前史最後のチャンピオン
どんな書物にもかかれてゐる事実をおれはほんたうに信じてゐるので
けつして人殺しに加担しない
正義　人道　プロレタリアートの解放
目的と手段とがいつも転倒される
人類歴史の痛ましい弁証を太郎であるおれは真剣に考へる
世界はすべて
ひとりの太郎のためにある
世界はすべて
ひとりの花子のためにある
おほきな声でそれを言へばおれは殺されてしまふ
けれどほんたうのことは
結局ほんたうだ
正義の発端はおれにある
人道の発端はおれにある

それを知らないものをおれは信じない
おのれを捨てて義に就くといふ
人道の戦士を信じない
おのれのために神の義を宣べる
財権神聖の牧師を信じない
だから発端に立つて千代紙を折りませうと花子さんが言へば
太郎であるおれはそうするさ

わたしの傍にあるものに

知られないものはみんな美しい
知られない民衆のなかに素晴しく醇化された叡智がある
その叡智に聴くことはたのしい
たとへばわたしの傍にあるものは

三枚の絵を撰択することよりも三軒の八百屋を撰択する眼をもつてゐる
厚ぼつたい瞼におほはれた汚れた眼が視るのである
歳月がその眼のうへに累積してゐる
それを知つたときは愉しい
わたしが無口で孤独好きで無愛想であつても
みんなはわたしを感じてゐる
わたしが彼等の仲間のひとりであることを納得する
それから先が問題だ
みんなが当然だと思つてゐることでわたしがそう思はないことがある
みんなが瞋らないことをわたしは瞋る
みんなが知りたくもないことをわたしは知りたい
みんながもつてゐるものでわたしの耐えられないものがある
みんながもつてゐるものでわたしのもつてゐないものがある
みんなのなかにもわたしの敵がゐる
わたしのなかにもみんなの敵がゐるかも知れない

みんなを愛すると称する奴でわたしの愛しない奴もゐる
わたしは限りなくみんなを愛するけれど
その愛は根強く嫌悪や妄執のからみ合つたものだ
みんなを苦しめてゐる理由がそのままわたしの愛を錯綜したものにさせ
てゐる
わたしの傍にあるものよ
世界はいまわたしたちのために在るのではないようだ
それを言へばわたしを殺さうとする奴らが
みんなの味方らしい装ひをした連中のなかにもゐる
みんなのひとりひとりよりも徒党を大切にするといふ
人間歴史の倒錯がわたしを殺ろす理由をつくる
だがみんなはやつぱりわたしを信ずる
わたしのなかにあるみんなを信ずる

吉本隆明（一九二四〜二〇一二）が傑出した思想家であり批評家であるのはいうまでもないことだが、この人は何よりもまず詩人だったと私は思う。きよらかで痛々しいような抒情を底に秘めながら、時代の中にある自分という現存在を発端から持続的に考え詰めることで、本当の思索詩というものを、この人は日本で初めて創り出した。昭和二七年に『固有時との対話』が、翌年に『転位のための十篇』が私家版で出されたというのはおどろくべきことだ。なぜなら、そこに示された〝詩としての思索〟は、時代の水準を遥かに抜き去っていたからである。

この人が詩を書き出したのは、詩人という種属の例に洩れず一〇代のことで、「いまだ死なぬときに／はんの木の葉　散れ／帽にさす夕

日　影はろばろ」などと純良の詩才をすでに示していた。「小さな丘の真白な光の中で／女の子供達が踊りを踊った／詩情のとぼしい北国の子供達ではあったが」と唱い起す『山の挿話』はすでに完璧な作品であった。

しかし、真におどろくべきなのは、ずっと絶えることなく続いた詩作、もちろんそれは戦後になって独特の思想的な深まりを記録しているのだが、その詩作の道程が昭和二五年になって爆発し、この年八月から一二月までに一四八篇、翌二六年には三三〇篇という大量の詩が書かれていることである。一日に一篇は詩が出来たのだ。すさまじい沸騰である。しかも駄作は皆無、すべて読むに値する作品なのだ。この一年半の詩業は作者によって『日時計篇』と名づけられ、『吉本隆明全著作集』第二巻（昭和四三年刊）、第三巻（昭和四四年刊）に初めて収録された。

ここに掲出したのは『日時計篇』中の二篇である。いずれも詩人の思考の原型をなしている。老婆心ながら付け加えると、『わたしの傍にあるものに』の核心は「それから先が問題だ」の一行にある。このあと言われているのは、人とともにあることについてのほんとうに枢要な思考というべきだろう。これは詩ではなく語録だという人もいるかも知れない。しかし語録と詩は区別しがたい場合が多々あると思う。

私は実は、吉本隆明の思索詩の先行者として伊東静雄の存在を秘かに考えている。吉本自身は静雄を「四季」派の一員としてしか認めておらず、「四季」派を自然を対象とする抒情の永遠性に自閉するものとし否定している。だが静雄はそれにとどまる存在ではなく、彼の真価は近年杉本秀太郎の独自な読みこみで明らかになりつつあると思う。

花がひらく

石牟礼道子

花がひらく
赤ちゃんが死ぬ
のっぺらぼうの壁の家の
花がひらく
赤ちゃんが死ぬ
肉汁《しちゅう》の匂いのこぼれる扉をひらく
赤ちゃんを　食べているのかい
スプーンですくって

消毒液のなかの注射針

注射針に吸いついている
赤ちゃんの皮と肉
お乳を　ぽんとはなすように
針をはなして

そのとき赤ちゃんは
世界の錘《おも》りになって
落ちてゆきます

窓のないホーム
肉汁《しちゆう》の匂い
あたしの腕の中で
首を折った
ひまわりの影

とある日
音もなく
そらのいちばん高いところから
空はゆっくりひき裂ける
そらは　ぱっくり
空は静かに
あたしの躰の中にひろがって
足のねもとの地面ながら
ひき裂けてしまう

空はぱっくり
花が

石牟礼道子（一九二七〜）はふつう原初的な自然と精霊にみちた世界のうたい手、無数の生命たちのいとなみをことほぐ吟遊者、あるいは弱く小さき者たちをいとおしむ詩人とみなされているだろう。ところが最初からこの人は、この世のおそろしい相貌を誰よりも痛烈鋭敏に感受する人であった。その証拠に私は、彼女の三〇代の作と推定されるこの作品を掲げる。

これはこわい詩である。花がひらくのは、赤ちゃんがスプーンで喰べられるとき、そしてそのとき空も地も裂ける。こういう残酷な詩を書いたのは、彼女がのちに『苦海浄土』に結晶する、水俣病患者の聞き取りを行っているさなかだった。だが、この詩に表出されている原初的な虚無感、世界は一種の不条理として在るという感覚は、水俣病という現世の残酷によって触発されたものではなく、おそらく作者の幼児期に遡る。中学生に刺殺された天草出身の、まだ少女と言ってよい娼妓。男と女はべーつべつと唱えつつさまよい歩く狂気の祖母。幼女道子は愛する「大《う》廻《まわ》りの塘《とも》」のすすき原で、トンと足を踏みしめ、狐になろうとする。そして首を廻して尾が生えていないかたしかめる。

人間はイヤとこの詩は言っている。その地点からこの詩人は歩き始めた。そして現代文明の諸悪を指弾し、生命の原初的な調和を希求する預言者風の相貌を、この詩人に認めるのが世人の習いとなった。だがその相貌を一皮剝げば、この世はイヤだとぐずり泣きをしている幼女が現われる。それは石牟礼道子論の最も重要な一点であって、再び言うが、その証明として数ある彼女の詩篇の中からこの一篇を私は選んだ。

さよなら　ぼくの　ともだち

森田童子

長い髪をかきあげて
ひげをはやした
やさしい君は
ひとりぼっちで　ひとごみを
歩いていたネ
さよなら　ぼくの　ともだち

夏休みのキャンパス通り
コーヒーショップのウィンドの向う
君はやさしい　まなざしで

ぼくを呼んでいたネ
さよなら　ぼくの　ともだち

息がつまる夏の部屋で
窓もドアも閉めきって
君は汗をかいて
ねむっていたネ
さよなら　ぼくの　ともだち

行ったこともないメキシコの話を
君はクスリが回ってくると
いつもぼくにくり返し
話してくれたネ
さよなら　ぼくの　ともだち

仲間がパクられた日曜の朝
雨の中をゆがんで走る
やさしい君は　それから
変ってしまったネ
さよなら　ぼくの　ともだち

ひげをはやした無口な君が
帰ってこなくなった部屋に
君のハブラシとコートが
残っているヨ
さよなら　ぼくの　ともだち

弱虫でやさしい静かな君を
ぼくはとっても好きだった
君はぼくのいいともだちだった

さよなら　ぼくの　ともだち
さよなら　ぼくの　ともだち

森田童子（一九五二〜）は昭和五〇年にライブハウスコンサート活動を開始し、熱狂的なステージをいくつも造り出したのち、昭和五八年、突然活動を閉じた。自ら書いた歌詞は夢のように美しく、歌声は呟くようで良く通った。私は六〇歳をすぎたころ、つまり童子が歌い終って一〇年ばかりして彼女の歌を知って、病みつきになった。ＣＤも八枚持っている。もう久しく聴かないが、死ぬ前にもう一度聴くつもりだ。

彼女の歌詞はどれも詩といってよい。詩として見ればむろんそれほど到達度の高いものとはいえないだろうけれど、一九六〇年代後半の学園闘争のころのセンチメントを、彼女ほど純良にうたった者はいない。掲出した歌詞は曲もよろしいが、ここに描かれたひとりの青年像、そんな青年には私も会ったことがある気がする。むろんその頃、私は彼らよりずっとずっと年長であったが、童子とおなじように、彼に「さよなら　ぼくの　ともだち」と呼びかけると、不覚にも瞼があつくなる。ここで「ぼく」と称しているのは、一人の女子学生である。寂しいしかし強い子であったろう。

童子の歌詞には「漱石の本／投げだして　くちづけした」というのがあって、これもとてもよい。これに下《しも》の句をつければ寺山修司なみの立派な短歌になるのである。彼女の歌詞にはもっと美しいものも多い。だが、掲出したものには何といってもリアリティがあって、心に沁みとおる。ある時代のある局面が、くっきり肉づけされている。

あしたはまべを

伊藤比呂美

すみません
記憶があいまいなんです
教えてください
あなたはあのとき
窓の外のそのまた向こうへ
わたしが行こうとしたとき
ひと押し押してくれましたっけ？
それとも、あなたが
手をひいてくれたんでしたっけ？
それとも、わたしはぜんぶ

ひとりでやってのけたのでしたっけ？
むりをいってるんじゃありません
わたしももう若くはないし
なさけないことですが
あれ以来
ただ宙に浮いているような気がして

浜辺を歩いていて見つけたもの
うちあげられた海藻
カモメの死骸
シギやチドリの足跡がいくつも
こんなふうに（図）

伊藤比呂美（一九五五〜）という日本の現代詩を代表するパワーある詩人の仕事から、こんな小篇を抜いてくるとは失礼の極みだ、とは承知している。だが彼女の詩は長いものが多くて、あまり長いものは選ばぬというこのアンソロジーの趣旨からして、代表作とされるような力作は採りにくかった。しかし、彼女の作品は絶対にひとつは入れたい。だからこの小篇を選んだ。私はこの詩の不思議な浮遊感が大好きなのである。これに『あしたはまべを』なんてタイトルをつけるのも、彼女ならではの心にくい仕業だ。この人は私がこの「思い出」の中で語ってきたような詩の抒情と戦って来た人である。いつかヘルダーリンの名を口にしたら、「ケッ」と嗤われた。だが、そういうお古い私が、「反詩」の詩人のこの小作に、何ともいえぬ快よい抒情を感じるのはどうしたわけか。縁は異なものですね、言葉遣いの名人シロミちゃん。*

それにしても、現代詩は今やとてつもなく高度難解なものになっていて、最近知りあった熊本の若い女性たちの詩も、その高度な技術で私を驚かせたけれど、結局どういう心のいとなみなのか、時代に反応しているだけなのか、なんでこんなに難解なのか、ぼけかかった私はよくわからなかった。むろん、わかりたいという思いは捨てていない。今の詩は私のような老人が詩と思っていたものと、まったく違う表現に到達したのだと思えばよいのかも知れない。生活のありようも感性も考えかたも、すっかり昔と違ってしまったのが現代で、詩はただそういう時代に即応しているだけだと言われれば、そうでしょうねと引込むしかない。難儀なことになって来たものだ。

『思出草』もこれで打ち止めにしたい。戦後詩の重要な詩人たちにはほとんど触れていないのは自分で承知している。つまりそれが私の限界で、この稿はとっくに滅んだ文芸の一領域を思い出してみてもらいたいだけの、ささやかな営みであった。まあ、博物館をちょっとのぞいてみたと思って下さい。つきあって戴いた心のひろきみなさんよ。

*東京弁ではヒはシと発音されるので、彼女は幼少時親戚の女たちからシロミちゃんと呼ばれていた由。

書くこと生きること

聞き手　麻田あつき
深町秋乃
主貼まとみ

平成二十七年五月三十一日熊本県詩人会の総会を開催した。その後で、渡辺京二さんを講師としてお招きし、若手詩人達からの質問に渡辺さんが答えるというスタイルで勉強会を行った。その一部を編集し渡辺さんの了解を得て紹介します。

麻田　麻田あつきと申します。よろしくお願いします。「アンブロシア」と「詩と真実」の同人に加入させていただいています。私が今日考えてきた質問は、私が自分の詩作のことから疑問に思っていることなんですけど、母の故郷の風景とかあそこで母親が体験したこととか、そういうことを詩作のモチーフにしています。その母の故郷は球磨郡のあさぎり町というところで、自然がすごく豊かで風景もきれいなところなんです。熊本にはそういう豊かな自然が沢山あるなと感じていて、熊本にゆかりがある文学とかも沢山存在するのも、その賜なのかなと思っています。熊本の自然というものが郷土の文学にどういう影響を与えているのかということを教えていただきたいと思っています。

渡辺　今のご質問には僕は応える能力はありませんねえ。まずお断りしておきたいのは、現代詩の世界というものには私は全くの不案内なんです。私が詩と関わり合いがあったのは十代ぐらいのことで、それは誰にでもあることです。その程度の関わりしかなくて、ましてや戦後詩のある時代ぐらいまでは少し読みはしましたけど、今や全くどんな詩人がいるのか、どんな詩が書かれているのやらさっぱり知らないわけでして、本当はこんなところに座ってお話しする資格はないんです。長いお付き合いの藤坂信子さんからの話だったので、なんだかお断りするのもと思いまして、出てきた訳で、詩に関しては一切解読する能力のないやつがここに座っているわけです。まずそのことを申し上げておきたいと思います。

そして今の麻田さんのご質問ですけど、熊本の自然というものが詩人たちにどういう影響を与えてきたかと言われても、僕はもともと熊本の人間じゃない訳なんです。日本人でもないんじゃないかと思っています。じゃあどこの人間だ。西洋人であるはずもないしね。よくわかんないんですけど、とにかく外地から熊本に帰ってきましても、いまはそういうものはございませんけど熊本の地方文壇というものがあるわけですよ。その人たちからあいつはＵＦＯに乗って熊本に着陸したんであって、熊本の人間じゃないというふうに思われていたんだろうと思います。熊本で長い間暮らしてきたんだけど熊本のことを知らない。特に田舎のことを知らない。球磨郡あさぎり町なんて言っても、ああ車で行ったことはあるなぐらいの感じです。

僕は北京や大連で育ったもんですから。大連には川がないんです。山はあるけど一〇〇ｍくらいの山なんです。要するに完全な町っ子でして、米のなる木はどれかいなという感じなんです。それで忘れもしません、昭和四十一年ごろでしたかねえ、「熊本風土記」という雑誌を出して、それに石牟礼道子さんに書いて貰うということで水俣まで訪ねていきましてね。それが『苦海浄土』の初稿なんですけど。そしたら花が咲いておりました。ああ梅の花ですねと言いましたら、石牟礼さんから、あれは桃の花ですよ、あなたは梅も桃も分からないのね、と軽蔑された。ですから熊本の自然がと言われても、熊本の自然を知らんわけですからどうしようもない。熊本の文学史を見ても熊本の自然に根差した熊本の風土というものを描いた、そういうものをモチーフにした人達が、誰がいるのかなあ。

蔵原伸二郎という阿蘇出身の詩人がいましたね。プロレタリア文学の理論的な指導者蔵原惟人のいとこなんですが、この人なんか阿蘇をうたった詩があるんでしょうね。それぐらいのことしか頭に浮かびません。例えば、蘆花にしても、あの『思出の記』というのがありますが、熊本の自然なんていうのにそれほど影響を受けたわけじゃないような気がします。谷川雁という特異な思想的な詩人をとっても、深いところでは水俣の風土に何か関係はあるのかもしれませんが、それと彼の詩がどう関わっているのかは、なかなか難しいことだと思うんですね。

今麻田さんが言われた詩人というもの、こんな偉そうなことは言ったらいけないね。詩のことは分かっていないと最初断ったんだから。それなのに「詩人とは」なんて言うとおかしいんだけど、一応言わせていただくと、詩人と自然の関係というものは非常に深いものがあると思うんですが、それは人それぞれであって、一種の郷土性というふうに、特定して考えられないんじゃないか。もちろん自然というものはある郷土性をもって現れてくるでしょう。それぞれ自分が育った自然というものはあるでしょう。ただ一般的に詩というものと自然というものの関係は僕が考えるところでは、もっと普遍的なものではないかと思う。特定の自分が育った環境云々ということではなしに、それがどこであっても、仮に日本ではなくて、例えば南アメリカのアルゼンチンの大草原であろうが、あるいはシベリアのステップであろうが、あるいはアフリカの草原であろうと、そういう自然というものが根本的なものとしてあると思うんですね。その根本的なものというのは、要するに大地ということですね。大地という言葉には森羅万象を含めているつもりです。空に瞬く星であれ、吹いてくる風であれ、そういうものをすべて象徴するものとして大地というものと切れてしまった詩は考えられないんじゃないか。

詩人というのは何の役にも立たないんですよ。いなくていいものです、こんなものは。おまえがそうだろうとおっしゃるでしょうが、私もそうです。私が書く本なんか無くたって世の中の人は一つも不自由しない。あなた方が詩を書かなくっても日本という国が、世界も含めて何の不自由もしない。

数日前テレビを見ておりましたら、インターネットにものをつなぐ時代になったというんですね。僕はインターネットそのものが分からないわけですから、さっぱり分からんのですけど、そうすると非常に我々の生活が効率化される。もう生活が変わってしまう。ものすごく効率化される。例えばダンプカーである土地を整地しようと思ったら、工事の最初に段取りをつけますね。それを自分たちだけで考えてやるのと、機械をネットにつないで世界的な情報を集めて、その情報に基づいて最善のプランをつくる。そうすると作業効率が全然違う。そうなるとそれをやる企業しか生き残れない。それをやらない企業はつぶれてしまう。ようするにそこで問題になっていることは能率、効率ということなんです。それができないと現代人として適応して、フィットして生きていくことはできませんよという話なんです。便利になるのはけっこう、効率化もけっこう。ところが詩人というのはまったくそうではない。詩を書くという作業はその正反対の作業なんです。詩を効率的に生産しようなんてできると思いますか。四〇〇字詰め原稿四～五枚どうしたら効率的に生産できるのか。そんなことでは書けません。いくらお金がほしい私でもね。

詩というものは文学の最高のものだと世の中ではなっております。近代になって小説が勃興して詩の位置が低下したような面もありますけれども、変わらず詩というものは文学の精華である。文学と言えば詩であるというふうな面はやはり残っていると思います。文学というものは効率化というものにまったく馴染まないものですね。何故でしょう。それは大地と結ばれているからです。詩を書くということは、文章を書くということはやっぱり大地と結ばれているからです。ですからこれから人間の生活がどうなっていくのか。地上数百階のマンションの一室に住んで、そして大地というものとは全く接触を断たれる。そして人工的な日本式庭園というものをその高層建築の中に取り込んでいる。自然というものはそういう人工世界のなかに取り込んでいける。だけれども、仮に自然を人工的な世界のなかに取り込んでしまい、それから農作物も工場で生産される。そういう世界で詩や文学はどうなるのか。人間はものを書きますから、そういう人工化した世界の中でも見られる夢というものはあるでしょう。ただ僕はもう滅亡寸前の一族に属しております。僕なんか、絶滅寸前のアメリカのインディアンだと思っておりますから、それからするとそういう大地と縁を失った文学なんて考えられない。

麻田さんのおっしゃった質問に関して、勝手に自分が思うことをお話をしたわけですけど。とにかくこれから世界はどんどん人工化されていく。携帯も進化してスマホになる。使ったことがないから分からないんですけど、つまりああいう便利で効率的なものでしょう。あれやってたら支配されてしまう。そしてメールとかなんとかやるそうですね。メル友とか言って、またネット上で友達ができるそうですね。現実の世界では引きこもりみたいになっちゃって、人間関係が苦手。詩人なんて文学やる人間なんてそういうやつは多いけど、この前友達が言っていた。おたがい顔も見たことない。肉声も聞こえない。ただ文面だけでお互いやり取りしている。ま、そういう世界になっていくんでしょうけど。

つまり現実というもの、大地というのは言ってみればリアリティです。大地から離れてバーチャルなものに変わっていく、そんなことは言われなくとも陳腐なことです。ただ詩人はそこでどう生きていくんだろうか。詩人というものは最後まで大地と縁が切れないんじゃなかろうか。紀元前七世紀ヘシオドスが歌ったような世界。あの世界というものは古代の叙事詩の世界である。現代の詩人にとっては縁遠いというのではなくて、やはりヘシオドスが歌った「仕事と日々」、ああいう世界は厳然として詩の世界にあるものではないか。ヴァレリやエリオット以来、現代詩の世界がいかに難しいものになってきたとしても、やはり古代ギリシャの詩人としてあった、その在り方は本質的なものとして詩の世界を規定していくだろうと僕は思いますね。それがなくなれば形は詩であっても詩ではない。例えばテレビのコマーシャルをみますと、優れたコマーシャルとはもともと詩に近い。下手な詩人よりも却って気の利いた詩の一行がある。どう違うんでしょうか、詩人が書いた詩と。それはどんな下手な詩でも、大地の上に生きる生物として書かれたものの中にしか詩はあり得ないという一点に尽きます。

繰り返すけど僕には郷土はない。ただ郷土はないんだけど全世界が僕は故郷だと思っています。僕は、中国は北京で小さい時から育っていますし、大連も当時は関東州といって日本の植民地だったんです。だから中国は知っているんですけど、しかしそれ以外の外国には行ったこともないし、行こうとも思わない。うちの娘はヨーロッパによく行くんですよ。「お父さんも行こう」とか言うわけ。「いや行かない」「なぜ行かないの」「もう行かんでも分かってる。映画と小説で全部分かってる」と僕は言うわけですよ。だから行く必要はない。

僕は小説と文学を通して世界を知っている。スコットランドのヒースの生える野原にしても僕は故郷だと思っている。ノルウェイの入り組んだフィヨルドも自分の故郷だと思っている。世界中がそういう形で、それは映像化されたものであって本当の肉感的なものではないのかもしれない。だけど僕はそんな形でしか感じられないし考えられないんです。というわけで麻田さんの問いには全然答えてないと思うけど、何かもっとこういうことに答えろとおっしゃりたいならどうぞ。

麻田　あの、聞いたこと以上の答えが沢山聞けたので。

渡辺　僕はおしゃべりだから、何か質問すると聞いてもないことをワーッと喋るんだ。覚悟しておいてください。

司会　では麻田さん、それでいいですか。僕も勝手にハイデガーの大地を思い出してしまって、普遍化されたものにリアリティを感じる人間の不思議さが心に残りました。それで次に行きたいと思います。二番手に深町さんよろしいですか。

深町　麻田さんと一緒で「アンブロシア」と「詩と真実」の同人です。私の質問なんですけど、私が前もって考えてきた質問ですが、先ほどの麻田さんの質問の回答で、ほぼ言われてしまったような内容で、ちょっと焦っているんですけど、私はインターネット活用についてお聞きしたいと思います。最近ではインターネット上で作品を発表したりしている若い人たちが多いんですけど、電子書籍とかですね、メディア媒体を通して商業ベース化が広がっているんです。このことの質問に関しては先ほど大半のことは渡辺先生のほうから回答いただいたとは思うんですけど、インターネット上の文学世界が今後どうなって行くのかを、利点を含めて教えていただきたいんです。いかがでしょうか。

渡辺　それも解答能力がないなあ。全然わからない。使ったこともないしね。ネットでどういう世界が展開しているのか知らないんです。ただ、坂口恭平という変な、これ一種の天才ですが。最近知り合って仲良くなってね、ネットの世界をどんどん使ってるわけですよ。彼は自分の喋りたいことだけ喋って人の話は聞かない。躁状態になったらこっちの言うことは聞かない。僕は半分ぐらい理解不可能なんだけど。僕はコンピューターもしないんです。ただネットと関係があるのは、本を問い合わせるときだけです。僕は歴史的なものを書くでしょ。だから、文献がいる。ところがその文献は熊本ではなかなか見ることができない。神田まで行って二～三日あるいは四～五日、足を棒にして歩き回ったら見つかるかもしれない。それが今ネットで、一発で手に入る。もちろんそれはすべてが手に入るわけではないけれど、昔のなかなか手に入らない本を数百冊ぐらいは娘に取り寄せてもらった。とうとう探し出せなかったものは二冊か三冊しかない。これはすごいことだ。すごい技術革新だ。昔の人間だったら、文献があるところ、地方まで、例えば弘前大学の図書館にあると聞けば、出かけて行って、昔はコピーなどもなかったから、書き写したりして大変だったわけです。それがいまは県立図書館に頼めば、なんと国会図書館から取り寄せてくれる。ネットでコピーを取り寄せてくれる。関係があるのはそういう古本を取り寄せることだけなんですよ。

あとはまったくどういうシステムになっているのか、ツイッターとブログはどう違うのかさっぱり分からないんです。難問なんですこういうのは。ですから若い人たちがネットで作品を発表しているというのは恭平さんからも聞いて、ああ、そうなってるんだと分かっていますが、その実態がどういうもので、そしてそういうことをすればどういうことになるのかさっぱりわかりません。ですからほとんど想像がつかないことでございます。大変悪いですが、ただね、質問をされたことにたいして、はぐらかすようなずるいやり方なんだけど、けっして質問なさったことを馬鹿にしているんじゃない。答えられないもんだから苦し紛れにね、こういうことを言っちゃうわけなんですが。

詩というものの媒体を考えてみましょうか。昔は声だったんですね。

昔の抒情詩人は吟唱していたわけです。それを書きとどめるようになり、グーテンベルク以来、活字として詩が伝わっていくということになったわけです。そしてそれが今度はネットという媒体を経るようになった。そういう進化があるわけです。エボリューションがね。だけどそういうことを離れて考えてみると、詩という表現、詩だけではないですが、文学というのがそうだと思うんですけど。でも詩は文学の王者ですから、詩に当てはまることはほかの文学にも当てはまるはずです。

詩というものはどういうつもりで今日発声するのか。古代の詩人は話が別ですよ。

古代の詩人というのは霊媒、シャーマンだった。なにかに憑かれて発声するんですね。なにかが乗り移るんですね。デーモンが乗り移るんです。それは一つの共同体の中で発声するわけですね。そうするとそれにまた周りの声が返って来る。だから、叙事詩なんていうものは、掛け合いみたいなところがある。聴衆との掛け合いの中でどんどん付け加わったりするものですね。いわば共同の産物みたいなところもありますね。なにかに憑かれた詩人も己が語っているのではない。もっと大きなものが自分に取り付いて歌っているんですね。もちろん古代詩にもサッフォー以来、あるいは日本では大伴家持以来、個人的な抒情詩がはじまったと言われるけど、そういう個人的な世界を表明する抒情詩の世界も入って来るけど、しかし古代の詩人とは基本的にそうですね。

しかしある時期から詩人というものはそういうものではありえなくなった。詩人というのはとくに文学者のなかでも非常に孤独な存在であるようなイメージが強くなってきた。そうすると詩であれ、なんであれ、自分が発声するときに誰に対して発声してるんでしょうか。誰に対して詩を書いてるんでしょうか。書くときは声には出さなくたって自分の心の中には書いたことが声になっているはずだ。誰に語っているんでしょうかね。人に伝えたいんでしょうか。現代詩というのは非常に難解になった。現代詩が難解になったというのは今に始まったことではない。

ごめんなさい話が飛ぶけど、僕が詩というものを知ったのは十三か十四の頃だったと思う。皆さん若いから、土井晩翠とか知らないでしょ。島崎藤村は知ってるね。藤村の『若菜集』とかその辺から始まって、要するに明治の新体詩というのは当時の青年たちはみんな愛唱していました。例えば上田敏の『海潮音』。これは訳詩集。「ながれのきしのひともとは、みそらのいろのみずあさぎ、なみことごとくくちづけし、はたことごとくわすれゆく」なんて、みんな暗唱するわけよ。都会や田舎の少年少女はみんな暗唱する。いい年をした大人も暗唱する。そういうものだった。

ところがいわゆる現代詩の世界に入って来ると一般読者との乖離が生まれてくる。詩を読むのは誰か。詩人の卵だけだよ、他のものは読まない、というような状況にこれはかなり早い時期からなってきている。文学が好きだ、あるいは文学だけではなくいろいろ本を読むという人も、現代詩というのは特殊な世界で「分からないなあ難しいなあ」という感じになってきたのは昭和の初めから。だんだんそうなって来ているからこれは古い話です。だけどそうなってきたのには然るべき理由があるわけね。かつては普通の人間が暗唱していた。それに対して現代詩はあまりに特殊な世界になっているんではないかと、加藤周一が批判して、吉本隆明さんが腹を立てて加藤さんをやっつけたというのも古い話です。

でもその自分に聞かせているのか、他人に聞かせているのか判らないところで文学は生まれる。どっちか分からんところがある。文章を書くことは自分に語るということが出発点ではないでしょうか。気の利いたコピーは沢山あるが、そこには自分というものがない。それを書いて救われる自分がいない。そんなものはライターに任せておけばいい。書かずにはいられない。そういうものがあるかどうかなんです。文章を書く理由は生きているから。呼吸のようなものです。生きているから書いている。ある意味で呪われているともいえる。それは生理的な声であり、存在的な声である。大切なことはそれがあるかどうかではないでしょうか。そして書いたものは文字にして紙に乗せなくてはならない。昔の人はいろんなものに彫り付けたりしていた。そういうものがあれば、表現媒体がなんであれ関係ないのでないかと思います。

ネットの世界で詩がどうなってゆくかなんて、私にはまったく分かりません。私には関係ないことです。ただ詩というものは文字にしなければならない、物質化しなければならない。その物質化のあり方はいろいろあるでしょう。この前、深町さんにフリーペーパーを頂いたけども、フリーペーパーっていっても広告とかなくて、紙一枚のペラっとしたもので、紙をくしゃくしゃっとしたようなデザインでね、よく喫茶店とかに置いてるんだけど、いいなあと思ってね。あれ一枚百円で代金を取ってみたらと思うんだけど。パソコンで作らなくとも手書きでもいい。名前なしでもいいかもしれない。

これでいいでしょうか、深町さん。

深町　はい。ありがとうございました。

司会　それでは最後に主貼さんお願いします。

主貼　私は詩作をはじめて八年ほどになりますが、書ける量は学生時代が一番多かったです。毎日が刺激の連続で多感だったように思います。渡辺さんは沢山の本をお書きになられていますが、書き続けること、そのモチベーションを維持できる秘訣があればお伺いしたいです。

渡辺　私は十四歳から書いてきました。文学は持続です。書きたい気持ち、そうせざるを得ないものがあるかが大切です。才能のあるなしは関係ありません。そして文章が好きかどうかなんです。文章好きは文章に酔い、取りつかれます。読むから目利きになっていくのです。沢山読んでよい文章に触れること、これは労働です。例えば最近読んだフォークナーの「寓話」はとても難解でした。くたくたになっちゃいました。なんで八十歳をこえてこんな難儀なことをせねばならんのか、溜息が出ました。でもフォークナーの文章の魅力がその労働を強いてやまないのです。言葉の修練とは、読むこと、書くこと、そして辞書を引くことです。私は沢山の素晴しい書物を読んできました。だから書くことができるのです。出版して金になるのは成り行きなんです。そのうえでモチベーションを維持するには毎日絶えず書き続けること。書いているうちに多くのことを考えます。それがまた次の書きたいに繋がっていくのです。

あたり前のことですが、詩は言葉でできている。小説だって言葉でできている訳だけれど、詩の場合言葉が指示機能でなく表出機能として用いられる度合いがずっと強い。だから言葉に鈍感な人が詩を書くというのはとてもグロテスクです。詩を書く仕事が持続するというのはもちろん、そうせねば生きていけないということが根本になっておりますけれど、やはり根本的に言葉にひかれる、すぐれた言葉の連なりに歓びを覚えるという性向がなければ話にならない。詩人は言葉によって生かされている人々です。ですから詩を書き続けるのは、言葉を用いる手品が大好きじゃないと不可能です。そして、言葉を用いる手品によって、日々自分が生きる世界を開いていく。

言葉による表現ということは、実に微妙で奥が深いのです。それは詩じゃなくっても、散文でもそうです。

シュティフターという十九世紀のオーストリアの作家に『水晶』という名作があります。幼い兄妹が山ひとつ越えたところにある、おばあさんの家を訪ねて、帰りに雪に降りこめられ、遭難直前に救い出されるお話です。兄の方は道に迷って不安なのだけれど、妹を元気づけるために、さもわかっているふりをする。知っている道しるべが見えたからもう大丈夫みたいなことを妹に言います。そのたびに妹は「ヤー、コンラート」と応えるのです。それを手塚富雄さんは「そうよ、コンラート」と訳しています。ところが現行の岩波文庫版の訳文は「そうね、コンラート」となっている。まあこの訳者は手塚さんの名訳は知っているわけで、そのまま戴くわけにもゆかぬから「そうね」としたのでしょう。でも、ここは絶対に「そうよ」でなければ、この少女の気持ちが出ません。妹も不安なのです。だからこそ、「兄さんの言うことに間違いはない。私信じているわ」という心で「ヤー」と言っている。それを「そうね」と訳したんでは、半信半疑みたいで、不安であるが故に兄を信じようとする少女のいたいけなさ、けなげさが感じられないのです。「そうよ」と「そうね」でこれだけの違いが生まれる。これが言葉のおそろしさです。

詩人たるもの、この言葉のおそろしさを最もよく知る人であらねばなりません。それには生涯にわたる勉強と修練が必要な訳で、だから文章を書くのは持続、エンデュアランス以外のものではありえないのです。

もうひとつ例を挙げましょう。伊藤比呂美さんの『とげ抜き新巣鴨地蔵縁起』だったと思うのですが、その中に彼女が夫と口論するシーンが出てきます。彼女の夫はユダヤ系イギリス人の画家で、大変な理屈屋さんなのだそうです。比呂美さんは一九五五年生まれで、私の長女より三歳年長にすぎません。私の娘であっても不思議ではない。この夫は私より年上で、自分より三十歳近く年下の若い女を妻としている怪しからぬ男であるのに、その妻に議論を吹きかける。ところが議論の途中でこの男、人名が出てこなくてつっかえる。小津安二郎の名が出てこないのです。そこで比呂美さんは「オズでしょ」と「私は介錯した」と書いているのです。これはすごい表現、まさにぴったりでこれ以外にはない表現です。「介錯」とは、切腹する男を介助して首を切り落としてやることです。つまり言いたい言葉が出てこずに「ウウーッ」と詰っている夫を、「あなたの言いたいのはこれでしょ」と介助してやったことを「介錯」と表現した。この「介錯」には議論のけりをつけた、チョンにしたというニュアンスもあります。ちょっと思いつかない表現で、こういう表現ができるには、「介錯」という言葉自体を知っていなくてはならないことはもちろんですが、それがどういう場合に適用されうるかということがわかっていなければならない。つまり言葉のインプリケイション（含意）が完全につかめていなくてはなりません。

そういう言葉の運用には才能の問題もからんで来ますけれど、やはり長年の修練というものが必要です。質問のご主旨は、書き続けるモチベーションについてでしたが、要は言葉を運用する世界にいったんとり憑かれてしまうと、一生そこから抜けられないということにあると思います。ですからそれは努力というものではなく、むしろ業を背負ってゆくということで、楽しいばかりではなくつらい苦しいことでもあります。文章に関することはすべてそうですが、詩だって書けないこともありましょうし、第一やめてしまって一向構わないのです。問題は言葉によって自分を生かせるかどうかで、言葉に生きるしかないものは、一生そうやっていくだけの話です。これは有名になるとか、それでメシが喰えるとかとは一切関係がありません。そしてそういうふうに一生書いていくことを引き受けるのであれば、それこそ勉強が必要だし、習慣が必要です。特に詩は先ほどから言っているように文学の精華でありますから、詩だけしか読まない詩人というのはありえない。ひろい勉強が必要なのはまず何よりも詩人だと思います。だとすれば一生かかっても時間は足りない訳で、持続は当たり前のことになります。

あとがき

詩について発言するのは心やましい。詩作の才能がないのは、すでに一〇代の終りには自覚していたし、詩の感受・読解についても、素人に毛の生えた程度の能力しかないのは、いまよく承知するところだ。だが一読者として、いや一人の生きる者として詩、というより詩として表れる世界の一面にはずっと心ひかれて来て、それなしには今日まで生きのびることもできなかった気がする。

この本はそういう私的な思い出を述べただけのもので、文中「アンソロジー」なる言葉を使っていても、これが日本詩歌の精髄を集めたアンソロジーなどであるはずがなく、そういうものを編む資格も能力も私にないのは断るまでもないことと思う。第一現代詩に限っても、金子光晴、中原中也、三好達治、西脇順三郎、さらには鮎川信夫、田村隆一、石原吉郎のはいっていない日本詞華集などあるものではない。そういう見識ある詞華集はすでにしかるべき方々が編んでいらっしゃる。この点は誤解のないように願いたいところだ。

どうしてこんな思い出話をする気になったか、それももう思い出せない。この頃はご多分に漏れず、老化に伴う短期記憶の喪失がひどい。要するに一生が終ろうとしている者の常として、やたらに思い出話をしたいだけのことだろう。仲間うちの雑誌『道標』に載せるので、こんなことも気楽にできたのだと思う。そんなものを水野良美さんがまた本にして下さるという。本にする値打ちがあるかどうかはもう考えない。みなさんがつまらぬと思えばお買いにならねばよいからだからだ。いまはただ水野さんの変らぬご好意がありがたい。付録として熊本県詩人会での話をつけ加えたのはご愛嬌までにとご承知ありたい。

二〇一六年一一月

著　者　識

初出一覧

日本詩歌思出草

第一回　『道標』第50号・二〇一五年秋

第二回　『道標』第51号・二〇一五年冬

第三回　『道標』第52号・二〇一六年春

第四回　『道標』第53号・二〇一六年夏

第五回　『道標』第54号・二〇一六年秋

書くことと生きること

『アンブロシア』第41号・二〇一五年一一月

渡辺京二　わたなべ　きょうじ

一九三〇年京都生まれ。大連一中、旧制第五高等学校文科を経て、法政大学社会学部卒業。評論家。河合文化教育研究所主任研究員。熊本市在住。主な著書に『北一輝』（毎日出版文化賞受賞、ちくま学芸文庫）、『逝きし世の面影』（和辻哲郎文化賞受賞、平凡社ライブラリー）、『黒船前夜』（大佛次郎賞受賞、洋泉社）、『未踏の野を過ぎて』『もうひとつのこの世 石牟礼道子の宇宙』『万象の訪れ』（いずれも弦書房）、『さらば、政治よ』（晶文社）、『近代の呪い』『幻影の明治』『父母の記』（いずれも平凡社）など多数。

日本詩歌思出草

2017年4月12日　初版第1刷発行

著者　渡辺京二
発行者　下中美都
発行所　株式会社 平凡社
〒一〇一-〇〇五一
東京都千代田区神田神保町三-二九
電話　〇三-三二三〇-六五八一（編集）
〇三-三二三〇-六五七三（営業）
振替　〇〇一八〇-〇-二九六三九

印刷・製本　中央精版印刷株式会社

装丁・本文組　細野綾子

http://www.heibonsha.co.jp/

ISBN 978-4-582-83756-8　C0095　NDC 分類番号 914.6
四六変型判（18.2 cm）　総ページ 248　JASRAC 出 1703012-701